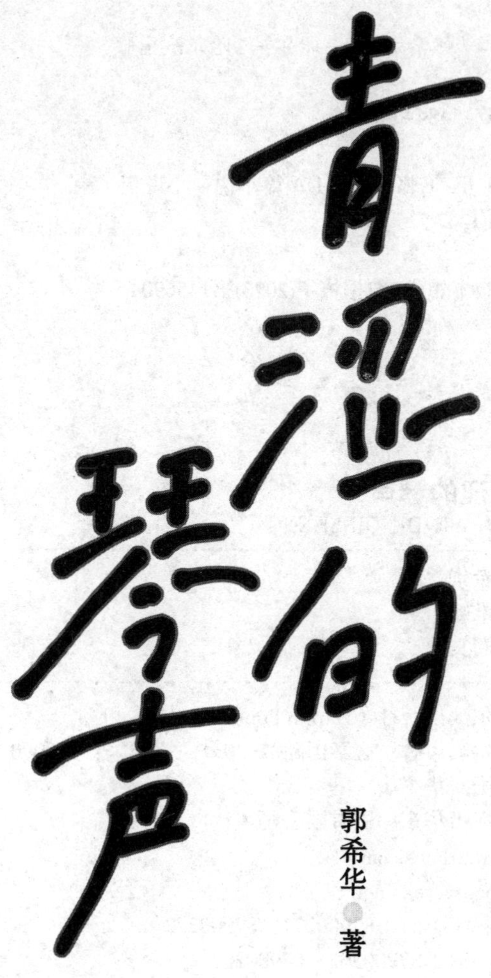

# 青涩的琴声

郭希华 著

哈尔滨出版社
HARBIN PUBLISHING HOUSE

图书在版编目（CIP）数据

青涩的琴声 / 郭希华著. — 哈尔滨 : 哈尔滨出版社, 2024.1

ISBN 978-7-5484-7444-9

Ⅰ. ①青… Ⅱ. ①郭… Ⅲ. ①短篇小说 – 小说集 – 中国 – 当代 Ⅳ. ①I247.7

中国国家版本馆CIP数据核字(2023)第145690号

书　　名：青涩的琴声
　　　　　QINGSE DE QINSHENG

作　　者：郭希华　著
责任编辑：李维娜
封面设计：悟阅文化

出版发行：哈尔滨出版社（Harbin Publishing House）
社　　址：哈尔滨市香坊区泰山路82—9号　　邮编：150090
经　　销：全国新华书店
印　　刷：三河市华东印刷有限公司
网　　址：www.hrbcbs.com
E-mail：hrbcbs@yeah.net
编辑版权热线：（0451）87900271　87900272
销售热线：（0451）87900202　87900203

开　　本：880mm × 1230mm　1/32　印张：6.5　字数：145千字
版　　次：2024年1月第1版
印　　次：2024年1月第1次印刷
书　　号：ISBN 978-7-5484-7444-9
定　　价：69.00元

# 目录

contents

# 青涩的琴声

丁零零，下课的铃声如期而至。

坐在后排的男神胡星星心情无法平静，课上，老师带着同学们聆听《二泉映月》。琴声如此委婉动听，如泣如诉，他的心头一下子燃起了对音乐的渴望。此时此刻的他，还完全没有走出明月清辉朗照、琴声哀怨如歌的意境。

琴声能使人头脑产生超级风暴。

在琴声里，他看到了阿炳流落街头，看到了阿炳被有钱人的孩子扯破遮体的长衫，看到了阿炳拖着疲惫的身子，夜宿破屋……

胡星星做梦也没有想到，二胡拉出的曲子，竟可以使人的心飞起来，飞到自己想飞到的地方。

缓过神来的胡星星迫不及待地来到好朋友身边。他的朋友叫帅戈，同样是，一旦被音乐打动，就会想入非非。可惜的是帅戈家的条件不允许。

胡星星把自己想学二胡的想法告诉了帅戈，同时希望能从朋友眼里捕捉到一种惊喜、一种百分之百的支持，更希望朋友和他一起学二胡。

结果，却让胡星星软着身子，瘫坐在椅子上。

万万没有想到，帅戈沉默不语，连眼皮都没抬起。胡星星没有完全读懂帅戈内心世界的苦涩。

沉默就是最礼貌的拒绝。

他多么想和帅戈一起上学，一起到培训班学拉二胡。听老人言，学什么，有个伴，学得快。

回到家，胡星星把自己想学二胡的想法告诉妈妈，渴望孩子成才的妈妈像变魔术一样，立刻从柜子里捧出一把崭新的二胡。原来妈妈早就期待儿子学二胡，可怕胡星星不高兴，也就没机会提出学一技之长的事情。

胡星星如愿以偿踏上音乐之路，他爱上了拉二胡，时间一下子像琴弦一样时时刻刻变得紧绷绷的，生活的节奏加快了。一下子心里压力大了，压得胡星星有点扛不住，他很想找沙袋砸它几十下。

而好朋友帅戈对他不冷不热，只要当面提起学二胡，帅戈就望着窗外的风景，一言不发。让他心里更是有苦说不出。

一天，胡星星练完琴，背着心爱的二胡从培训班出来，迈着错乱的脚步，走在熙熙攘攘的人群中，无意中看到街上有一家“情绪发泄店”。他心头一亮，如饥似渴地走进发泄店。

前来发泄的人可以说应有尽有，有诉苦的，有抱怨的，也有大声吼一嗓子的……

白领满腹牢骚，倾诉工作压力大；老板抱怨赚不到钱；老人诉苦子女不在身边……大家倒了一番苦水，发泄一下后，满脸笑容，轻轻松松地离开。

胡星星想找空的房间，他一间一间地找。

“呜呜呜！呜——呜——呜”稚嫩的女孩的哭声扎得耳膜生疼。胡星星心里想：谁在里面哭？屋里发生了什么事呢？他准备停下脚步，推门而入。抬头一看，门上写着“江河决堤”，不禁摇摇头，忘了这里是发泄的地方，抿着嘴一笑。

“我喜欢拉二胡，喜欢《二泉映月》，多么希望和好朋友胡星星一起学拉琴，可惜我没有钱……”熟悉的声音从另一丝门缝儿里飘出。

胡星星停住脚步，耳朵像烙饼一样，紧紧贴在门上。

“我不是无情无义的人，可是，生活为什么要抛弃我，为什么生活对我不公平，爸爸妈妈为什么要离婚？为什么？为什么？你们离婚后，爸爸，你为什么不来看我？我有那么讨厌吗？哪怕寄一点儿生活费，让我买一样喜欢的东西，不用总是为难自己。”

胡星星轻轻推开门，看到非常熟悉的背影，他就是帅戈，鼻子一酸，又匆匆离开。他在帅戈的隔壁一间空空的房间里，拉起了二胡。

一会儿琴声断续沙哑，一会儿琴声吼叫迸发，一会儿琴声青涩低吟……琴声哭泣，琴声激昂，似乎要击碎玻璃，还有一堵厚厚的墙……

随着乐曲的旋律跌宕起伏，他沉醉了，一会儿摇头，一会儿紧闭眼睛。在琴声里，他感觉自己长大了，一头长发遮住了迷茫而又深邃的眼睛。

回到家，胡星星必须要在妈妈面前拉上半个小时今天学的内容，这既是培训班老师的要求，也是妈妈的一贯要求。

一曲拉完，妈妈直夸胡星星进步很快。

“星星，你的进步非常快！参加社区音乐大赛没问题。”

“如果获得一等奖，奖金归谁？”

“那还用问吗？给你这个小音乐家呀！”

“一言为定！”

“一言为定！”

胡星星在树林里练琴，清晨的阳光在他的琴弦上跳跃，晨起的鸟儿撩开嗓子在附和，树叶沙沙响，在轻轻地伴奏。

胡星星在广场上练琴，夕阳的余晖在他的手指上滑落，一曲《良宵》留住匆匆忙忙晚归的脚步。

社区音乐大赛上，选手如林，实力不容小觑。胡星星凭着对曲子的充分理解，拉了一曲《二泉映月》，委婉的琴声，一下子征服了对手、评委，获得器乐类一等奖。

胡星星捏着一等奖奖金五百元，开心不已，乘坐公交车，来到皎月路一家乐器店，精心挑选了一款乌木的二胡。

“阿姨，我要这一款！多少钱？”

“800 元。”阿姨抬眼回答。

“能便宜点儿吗？”胡星星试着砍价。

“再少，也不能低于六百。”阿姨的话音里已经没有商量的余地。

胡星星的手在口袋里反复捏着，怯生生地，像一根细弦发出的声音：“阿姨，能不能写一张欠条，你不信，我压一块手表吧。”

胡星星说着，欲把手表摘下。

“看着你诚心诚意的，拿一把吧！还差的，过几天给，也不迟。手表就不要压了，阿姨主要生意不太好，要不……”阿姨眼睛里飘着一丝苦涩和诚意。

胡星星谢过乐器店的阿姨，抱着二胡，一路开心到要飞起来。敲开了帅戈的门，帅戈妈妈说帅戈不在家。

他去了哪里呢？对，他准又去那里了。胡星星想到了“情绪发泄店”，就匆匆忙忙赶到那里，找遍每一间，也没发现帅戈的影子。

胡星星失望地离开“情绪发泄店”，茫然地走在街头。

忽然，胡星星眼前一亮，一个身影闯进他的视野。对，没错，就是他。可他为什么要铲电线杆上的小广告呢？胡星星保持一定的距离观察着，看到电线杆上密密麻麻的小广告，心想这要铲到什么时候呢？胡星星忍不住，上前拉起戈帅的手。

“你这是干吗？”

“呦，怎么是你……你怎么来了？”

“走，跟我走。”

“可我还没……”

胡星星一把夺过铲子，唰唰唰！铲起来。

“别……别……”

“我猜到，你是替人家铲小广告，拿点辛苦费，这个钱我来出！”说着，胡星星把背上的二胡塞到帅戈的手上，“走，我们一起学！”

“可是……”

“可是什么呀！”

“有一则小广告是‘寻人启事’，不忍心铲掉，是寻找 12 岁孩子的……”

“你的善心我理解，可要把寻人启事信息发到寻人启事网络平台上，找到的可能性不是更大吗？”

“对对对，星哥，你真是我的好朋友！可培训费……我……”帅戈的眼神一下子又黯淡下来。

“我学好了，再教你，不是很好的事儿吗？”

“你真是我的好哥儿们！”帅戈上前要拥抱。

“别，别，别，好别扭。”胡星星伸出手跟帅戈击掌。

小树林里，路灯下，有了一对儿练琴的身影，琴声青涩，却悠悠地飘向城市的大街，飘向城市每一条古老而又悠长的巷子……

## 微笑精灵

雨，不停地下。

一道闪电撕碎了夜空。霎时间，黑夜犹如白昼。一张微笑面具赫然躺在垃圾桶不远处。那是一张从出租屋里飘出的白皙的面具，面具的主人是一位 12 岁的少年，他叫常林。

他从小失去母爱，随爸爸来到这座城市上学。爸爸四处找工作，可由于爸爸身体不好，只能到处打零工，就像这座城市里飘来飘去的树叶。常林既担心爸爸的身体又担心自己的学费，慢慢地，他的笑容就消失了。

他没有笑容的脸让同学们想关心他都不敢上前。

学校合唱队选拔队员，喜欢唱歌、眉清目秀的常林没有被选上。问题很简单，板得木木的脸，很难把歌声与微笑传递给别人。

常林放学回到家，一声不吭。爸爸蹲在那里抽闷烟，常林知道爸爸又换工作了。狭窄的空间里，空气异常沉闷。

常林感觉空气令人窒息，便出去散散心。路灯发出橘黄的光，温暖不了此刻的心灵。初秋的寒意正在袭来。一片硕大的叶片，在眼前旋转着，翻滚着。

“唰！”似乎一声叹息，“大树叶”伏在了常林的鞋尖上不肯离开。

“奇怪，这是什么？”常林捡起来仔细一看，“呦！原来是一张面具。”

他不由自主地把面具戴在自己的脸上，这时走过来一位阿姨。阿姨看了一眼常林，回馈一个甜甜的微笑。常林把面具摘下一看，那是一张笑容满面的少年面孔。

面具始终微笑着，眼睛笑弯了，如同一轮新月。

“难道是因为戴着面具，让别人觉得我在笑吗？”常林说着，准备把面具扔进垃圾桶里。

“别，别，别。你带着我就会微笑了，我以前的主人靠我走出了阴暗的世界。”面具说，“我是微笑精灵。”

常林想了想，又把面具戴在脸上，不知不觉转回了家。

常林推开门，说：“爸爸，你还没有睡觉？”

“嗯，快了。儿子，你今天怎么这么高兴？”爸爸的脸上有了笑容。

常林一愣，走到衣柜的镜子前一看，发现自己确实在微笑，而且笑容非常自然健康。

常林掐了一下自己的脸。

“呀，为什么掐我，我好疼呀！”常林的耳边响起一阵低低的声音。

“对不起！面具精灵。”常林说了一声，转身对爸爸说，

“爸爸，我从来没有因为你而不高兴，你是我的爸爸，我永远爱你。”

“明天，爸爸继续努力！”爸爸说完，给了常林亲切的微笑。

第二天早上，常林吃完早饭匆匆上学去。

“阳光男孩！”唐老师看到微笑的常林，直接送给他了一个朝气蓬勃的名字。

常林快步跨进教室，刚坐下，唐老师便带着一位陌生人进了教室。

“同学们，这位是启明星艺术学校的老师，他来我们学校招收热爱艺术、喜欢舞蹈的学生……”

常林被老师点到，他站起来，身材挺拔欣长，面向艺术老师展现出阳光般的微笑。常林果然被选中，他高兴地回到家，冲到镜子前，想要摘掉面具，要看看自己真实的笑容。

可是，他发现自己没有办法把面具摘掉。

他愤怒了，可镜子里的他还是笑容灿烂。

“干吗要把我摘掉了呢？我是你的朋友，你还没有真正找到自己的微笑。”耳边又响起面具精灵亲切的话语。

从此，常林用笑容感染身边的每一个人。这一天，常林去参加试戏，剧情要求孩子抱住爸爸泪流满面。

他拍着自己的脸，想告诉面具精灵，可是叫了半天，它也没有反应。

“三号，常林做准备。”老师在喊。

常林冲到外面：“面具精灵，我现在需要恢复常态，听到没有？”

常林使劲扯着脸，可除了微笑，他无法做出别的表情，常林没有办法跟老师解释，更没有办法摘掉可恨的面具。

试戏了，离别的音乐在教室里回旋，空气凝重，伤感的音乐割锯神经。

常林微颤着步子上前拥抱快要离开的爸爸（爸爸由唐老师扮演），没有任何万般离别之痛与不舍，也没有流泪，反而嬉皮笑脸。

艺术老师耐心地说戏："常林，假如你爸爸要出去，留下你一人……"老师看着一旁微笑的常林，"老师与你说话呢，怎么笑嘻嘻的，连最起码的同情心都没有了吗？"

逃一样地回到家，冲到镜子前，常林对着镜子里的它说话："面具精灵，我不喜欢你了，求你离开我，我要做回真正的自己。"

"那你掐我一下，我会离开你的。不过，你要从内心深处改变自己，不要伪装自己。"面具精灵说，"你快点掐我！"

"我掐了，你怎么没有反应呢？我已经感觉疼疼的。"常林说。

"你感觉疼了吗？哦！那我放心走了，希望我们是一面之缘。"面具精灵说完就走了。

"哇！好疼。"常林捂着脸。

窗外雨一直下，似乎没有停顿的意思。

常林摘下面具，扔到窗外。一阵风裹着雨吹来，面具像一片硕大的树叶，在风中翻飞起舞，一会儿便消失在漫漫长夜里。

常林的爸爸冒雨回到家。"儿子，爸爸找到一份工作了。"爸爸乐呵呵地说，“明天我去上班。”

父子二人笑起来，这次常林是真心微笑。窗外的雨也停了，满天星斗都在微笑。

# 第五枚星币

月考如期进行。

教室里，空气异常紧张，每一位都在奋力拼搏。

这一学期，班主任有新说法了，语文九十五分以上的，包括九十五分，数学一百分，英语九十八分以上，就会获得一枚星币，如果一次进步十分，同样获得进步星币。集满五枚，就可以到学校政教处兑换一本书或者一件精美的工艺品。特别是学校科学模型组提供的直升机模型、航空母舰模型，最让爱好科学的同学心动不已。

六年级五班的童可可也不例外。

童可可已经集到四枚，这一次，如果语文发挥正常，五枚应该不成问题。

“丁玲的第一部长篇小说是——”童可可面对此题，他的脑袋简直是搬家公司的老板当起贼——干净，贼溜，一下子空荡荡了。

一小格，一分题，一分值千金。

为了五枚星币，他的脸侧向同桌，尽量让笑容正常一点儿，以免对方捕捉到一丝的虚伪。

由于堆满笑，脸皮似乎厚实了许多，闷声闷气地向同桌常龙求援。

事出有因，上一周他写的小作文，题目：我的同桌。他把“桌”，写成“卓”，老师把这份作业通过投影仪，投放到白板上，全班同学见少了两条“腿”的桌，似乎联想到什么，禁不住哄堂大笑。

童可可的同桌常龙一言不发。

常龙心里知道，童可可是在有意羞辱他。上体育课，常龙不小心把一条腿扭伤，走路有点瘸。这不是明摆的事吗？童可可故意诅咒他，希望两条腿都“报废”。

常龙下决心不理睬童可可。

童可可不敢抬头偷看，因为老师不知道为什么，老是盯着他。

时间一分一秒地流逝，童可可心跳得非常厉害，像一只被老虎追疯了的羚羊。

“丁玲的小说叫什么？”童可可压低声音，他豁出去了。

“什么？”常龙回声如闷雷，显然有点不耐烦，或许还在与童可可火着。

“丁玲的长篇叫什么来着？”童可可喘着粗气，低眉求援。

“《太阳照在桑干河上》。”常龙抛出，似乎没有敷衍之意。

童可可一听，马上喜滋滋地在横线上写上。完毕，轻轻吐出快要憋馊了的一口气。

夕阳西下，童可可背着沉沉的书包，急匆匆赶到学校门口不远的站台，及时上了回家的班车。他非常庆幸自己走运，老天处处眷顾着他。

晚饭后，他做完作业，躺在床上，窗外月色透过窗户的玻璃，一道道被窗户分割的月光，粗粗的银色线条，如同直升机的螺旋桨，烙在童可可飘忽不定的身上。渐渐地，童可可身体飘起来，进入梦乡……

夜已很深，屋外星光暗淡。

忙碌了一天的交通运输部，第一救助飞行队飞行员童可可，正准备休息的时候，他的无线电通信设备，向他发出了执行任务的指令。

他一骨碌从床上爬起来，头盔，腰带，钥匙……一切就绪，带着队员，直奔救援直升机……

发生一起渔船着火的事件，船上有十个人需要及时转移。

童可可驾驶飞机起飞不久，值班室联系了他，说是遇险的渔船位置已经改变了，渔船失去动力，随风随流飘远了。

距离就是时间，时间就是生命。距离变远意味着现场救援的时间更短。

他没有半点犹豫，驾驶飞机，带着队员，奔赴现场。

他知道这一次任务非常艰巨，危险系数可能超出想象，飞机油量因路程变远而不足。然而，童可可沉着冷静，抓住操纵杆，充满信心奔赴出事地点。

他就像飞在天空中的一只吉祥鸟，哪里有困难，哪里就有吉祥鸟的身影。

飞机很快飞到失事渔船上空。机声隆隆响，在渔船上空盘旋寻找悬停的最佳位置。

浓烟滚滚，夜色昏暗，给驾驶员带来了很大的麻烦。

大火在肆虐，渔船在火中岌岌可危，渔民们的生命危在旦夕。

为了做到万无一失，救援直升机只能悬停在规定的高度外，在这个情况下，无法看清渔船情况。如果贸然放下钢索，放下救生员，钢索搭钩，万一钩住渔船，就会把飞机拽下海，后果不堪设想。

在这千钧一发的时刻，时间就是生命。童可可以最快的速度，拿出救援方案，决定采用高绳模式，选择高度在船头位置悬停，双人单套，一次救两个渔民。在有限的时间，有限的油量情况下，让渔民尽快脱离船只。

他像一只吉祥鸟，第一个利用高绳下到船上，被大火困住的渔民们，看到童可可，一下子激动万分。

童可可抱着一位渔民，拽着绳子，像一只浴火凤凰一下子进入飞机安全舱……

童可可翻了一个身，梦继续……

“常龙 98 分，李花花 95 分，童可可 84 分……”童可可一下子惊醒了。

一觉醒来，太阳爬到树梢。童可可无精打采地来到学校。上课了，语文老师腋下夹着似乎冒着热气的月考试卷。

老师一改常态，没有一边报分数一边发试卷，而是叫同学把试卷发到同学手中。

教室里一阵骚动后，是大爆炸前的静悄悄。

他的试卷像一架屁股冒烟坠落的救援直升机，歪着脑袋，一头栽倒在他的面前。

“84分。”童可可心一凉。

童可可慌忙寻找有错的地方，像一只弄丢了孩子的狼妈妈，极其恐慌。

“有人见过丁玲写的《太阳照在三个和尚》的长篇小说？”老师扬起眉毛问完大家，在黑板上写下：太阳照在三个和尚。

“教室里一阵哄堂大笑。”

“童可可上个月考试，语文75分，这一次，就因为这个题目，只差一分，差之毫厘失之千里，要想成为救援直升机飞行员，需要有一丝不苟的学习态度……”老师对童可可知根知底。

老师后来说什么，一点儿也没进童可可的耳朵里。

夕阳西斜，童可可走在回家的路上，他拐进一个寂寥冷清的小巷，走出这个熟悉的小巷，就可以到站台。

忽然，他停住沉重的脚步，眼前的一幕让他愣神了。几十辆共享单车，有粉红的，有紫色的，有橙黄的，倒在一起，远看去，如同飞机模型电板上的线路图，错综复杂。

他一个疾步，跨到单车旁观察一下，毫不犹豫地扶起一辆又一辆。他在熟悉“线路图”，他的心在“线路图”里徜徉、徜徉。

当他扶起第四辆的时候，发现粉红色单车踏板，死皮赖脸踩进紫色单车挡泥板里，橙色单车车铃卡在粉色车篓里，几个家伙，死死地缠在一起，谁也不让着谁，像亲密过度的伙伴，又像无赖在打群架，大家谁都不愿意先主动松手。

童可可像劝架老娘舅，分开它们的手，拉开它们的腿，花了半个多小时，几十辆单车个个扶起，而且停放得整整齐齐。他擦着脸上的汗水，心满意足地看着摆放得整整齐齐的单车，仿佛一个电板上的线路图被他征服了。

第二天，“扶车少年！”“扶车少年！”朋友圈里在转发，城市里电视频道在播放。

童可可扶单车事件，被热心市民拍下，一下子被转发……

老师知道了童可可善意的行为，把一枚星币，也是童可可的第五枚星币，当着全班同学的面交给了童可可。

童可可接过带有老师手温的星币，直冲政教处……

## 考级路上

“一颗，两颗，三颗……”童可可贴着窗玻璃，数着天上的星星。

“可可，你明天自己一个人去考级，行吗？”妈妈一边拖地一边不放心地说，“要不，还是妈妈开车送你？”

“没有实践，怎么知道我行还是不行呢？妈妈，你已经答应我了，就不要反悔喽！”童可可打开钢琴盖子，弹起车尔尼的练习曲，琴声在屋里回荡，慌乱的音符，似乎在撞击着窗户的玻璃，碎了，碎了，碎成一地星光；醉了，醉了，醉成一脸的笑容。

你可不知道，童可可好说歹说，几乎磨破嘴皮，用尽好词好句，才说服妈妈，让他自己一个人乘公交车去市区师范大学参加钢琴六级考级。

第二天，童可可早早地起床了，吃完早餐，就匆匆赶到距小区不远处的站台等候开往市区的班车。

天最会变戏法，昨晚星星还在眨眼睛，今天早上，乌云便互相挤得低低的，似乎压得人喘不过气，像钢琴中的低音，沉闷而凝重。

“可可，伞，伞，拿着！”正当童可可凝望天空发呆时，妈妈挥着蓝布小花雨伞，急匆匆地送伞来了。

“你这孩子，出门也不看看天气，自己要独立，要独立，怎么叫妈放心，一路小心点儿，知道吗？”妈妈一边递伞，一边千叮咛万嘱咐，似乎童可可要远渡重洋。

“妈妈，你放心吧！我可不是小小孩了，我答应你，这一次……”

80路汽车来了，童可可像一条误闯大海的小鱼，懵懵懂懂地上了车，使劲打开车窗，对着车窗外的妈妈说：“这一次让我独立，我保证一个月不向你要手机玩。”

“对，今天拿着我的手机，有什么事儿你还可以联系……”

汽车呼哧呼哧，像一头莽撞的犀牛，一个拐弯，一下子溜得远远的。

“不了，来不及了。”童可可声音里夹着一点儿遗憾还有些许失落。

童可可的妈妈拿着手机，木然地站在那里……

80路车子到了独立桥，童可可下车，转乘4路。雨，不紧不慢地下着。

等车的人特别多。有拎着大包小包的，有抱着孩子的，有拉着拉杆箱的。一位背着吉他，拄着拐杖的民间艺人游离于人群外，显然怕别人撞了他，或许是怕自己影响别人匆忙的脚步。

童可可从民间艺人眼里还读懂：我要赶路，赶路！

“怎么回事儿，这班车子怎么还不来！已经过了半个小时了。”“听说前面施工，工程车撞小汽车。”站台上的人议论纷纷，一张张脸上写满焦虑、抱怨、浮躁……背吉他的民间艺人在人群外焦虑不安。

离考试时间还有半个多小时。

4路车终于来了，刚停下，小雨中焦急等车的人群蜂拥而上。

童可可势单力薄，像一根米卷棒，一下子成了弱势群体，与拄拐杖的民间艺人被挤到最后。

车门无法关上，人群抱怨。脾气差的，急着赶路的，开始不耐烦了，骂骂咧咧的声音在雨天里特别粘在耳朵上，甩都甩不掉。

车门像包住呕吐物的妖怪的嘴，圆鼓鼓的，似乎要一下子喷出什么各路大神。

童可可想到，如果妈妈在身后，只要她用力推一把，他就可以搭上这班车。

门，无法关上，民间艺人的拐杖被门夹住。车子动弹不得，无法行驶半步。

童可可有个大胆的决定，他一个鲤鱼般转身，把前面的艺人狠狠地往前一推，自己跳出几乎没有空隙的脚板，稳稳地站在地上，把被车门夹住的拐杖往前一按，门，吱呀一声关上了。

童可可在原地对着4路车挥挥手，汽车呼呼地离开站台。小雨根本没有停的意思，淅沥沥地下着。

正当童可可撑着雨伞茫然四望时，一辆出租车停在他身边。

“赶路吧！上车，我送你。”司机摇窗问道。

“去第一师范大学。”童可可声音有点怯，幸亏雨声很小，没盖住他稚嫩的有点发颤的声音。

“去考试吗？那里今天艺术考级。”

“嗯嗯，可我今天忘记带钱。”童可可怕雨伞弄湿车子，上了车，干脆搁在自己的大腿上。

“不要钱的，这么小出门，也没有大人照应，你妈妈也是心大啊。”出租车司机是一位阿姨，像童可可妈妈一样的年纪，也有童可可妈妈一样的心理年龄，一路上唠唠叨叨的。

到了考点，童可可下车，出租车司机给了他一张名片。

“回来时，如果赶不上班车，打我电话。”车子开走了，留给童可可一个妈妈一样的微笑。此时，童可可特别想妈妈，平时妈妈唠叨的话，也成了支撑自己的力量。

童可可心还没有完全放下，就走进了考场，他的手指一会儿扩指，一会儿穿指，一会儿缩指，琴键在跳跃，音乐在流淌，窗外的雨点，在飞扬的音乐声中，蹦跳着，穿越着。几首规定的曲子弹完，评委频频点头。

童可可走在回家的路上，雨不再下了。他想让自己快点成熟起来，要是今天不求别人，就意味着长大。

漫步街道，看人群川流不息，他不知不觉来到靠近路边的大房子窗边，大概是音乐的缘故，童可可只要一听到音乐，哪怕是雨水滴落的声音，他也会兴奋一阵子。

窗户里传来吉他的声音，弹的是《捉泥鳅》。童可可往里一看，只见眼睛老是往一个方向看的几个女孩子，正在专心致志地听着《捉泥鳅》，她们满脸都是兴奋、幸福、快乐、满足。

童可可的目光落在弹琴人的手指，慢慢往上，落在一张已过青春的脸上，胡子拉碴，眼睛清澈如水，像施特劳斯的《蓝色的多瑙河》。

“啊！是他，在车站遇见的民间艺人，拐杖靠在墙壁。”童可可的心猛地一怔，本来要爆发的声音，一下子又压在喉咙里，让他觉得好疼好疼。

“今天是丹丹的生日，我说好要来的，不管是刮风还是下雨，今天还要感谢一位不知道姓名的小朋友，年龄与你们差不多大。我在上车的时候，由于人多，特别挤，是他在我背后推了一把，要不，恐怕我今天还来不了呢。好了，最后我把《生日快乐》送给丹丹，还有其他小朋友，还有帮助我上车和你一样大的朋友，生日快乐！”

“祝你生日快乐！祝你生日快乐！……”

童可可抬头看看墙壁上几个大字：儿童福利院，心里一阵莫名的酸。

童可可下意识地掏着口袋，没想到，掏到几个硬币，他也不知道啥时候放在口袋里。他用几枚硬币回到了家里。

童可可一进门，正准备告诉妈妈今天所发生的一切。妈妈倒是先声夺人，问了一大堆问题，什么考得怎么样呀，有没有乘车乘错方向，有没有遇到坏人……

没有一个问题让童可可很爽利地回答的。

“可可，等你成了音乐家就好了，举办个人演奏专场……”妈妈沉浸在对未来的畅想里。

“妈妈，你知道儿童福利院在哪条路上吗？”

“福利院？我不清楚，可可，你问这个干吗？我的问题，你还没有回答呢？”

“妈妈，如果乘车乘错方向，如果遇到坏人，我还能站在你面前吗？今天是我的独立日，你准备拿什么犒劳我呢？”

“给你买一部手机，怎么样？”妈妈说得神采飞扬。

“不要，我只要妈妈给我一个月去一次福利院的机会。”童可可的声音掷地有声。

“家里吃的、穿的都有，你去的时候别忘了多带一点儿。”妈妈看着童可可坚定的眼神说，“可可，你真的长大了！”

见妈妈同意了，童可可激动地弹起《世上只有妈妈好》。

童可可每一次去福利院，不仅仅带去吃的、穿的，还有一段让一颗茫然的心在明亮的天空里飞扬的钢琴曲。

# 寻找太爷爷

## 一

星期六是太爷爷的100岁大寿，爸爸和爷爷上午要外出办事，便把太爷爷的生日筹备工作交给了我和妈妈。一大早，我们就驱车从市里赶回县城。自从转到市里读书后，我已经好几年没回老家了，关于太爷爷的印象也是模模糊糊的。

“陈晨，我们兵分两路，我去订蛋糕，你去敬老院做准备工作。”一回到老家，妈妈就思路清晰地分配任务。

“遵命！”我爽快地答应。

“遇到困难要多动脑筋。这次任务，你只有一次求助的机会，请谨慎使用哟。”临走前，妈妈神秘地对我说。

这话一出，瞬间激起了我的斗志，我立刻出发去敬老院。

路上，我想到一个严重的问题——太爷爷长啥样？我只记得他很高，很爱笑，总爱用一只手抱着我……但再具体的，我也记不清了。想到这里，我十分后悔刚才夸下的海口。

## 二

一进敬老院的大门，我傻眼了。院子里的老人真多，又高又爱笑的也不少，太爷爷在哪儿？

我挨个观察老人，希望能在他们身上找到一点儿熟悉感，他们也像看稀有物种似的看着我。

“小朋友，你是在找球吗？”一位穿着工作服的护工伯伯朝我问道。

“找球？”我摇摇头，“不，不，我在找太爷爷。”

“看你面生。”护工伯伯顿了顿，“你太爷爷住哪个房间？告诉我姓名也可以。”

“这个？”我挠了挠头，“应该姓陈吧！”

“应该？你很可疑。”护工伯伯打量着我，“球是不会轻易还你的，前几天你的球飞进院子，差点儿……”

看着护工伯伯的嘴巴一开一合的，我有些慌了。现在我竟然被认定为乱踢球进敬老院的“罪魁祸首”，这锅我可背不得。更何况，就算现在太爷爷出现在我面前，我也未必能认得他。三十六计，走为上计！

我赔笑着对护工伯伯说：“伯伯，我有急事，先走了。”然后迅速溜出大门。我想与其这样盲目地找，还不如回家找找线索。

回到家，我翻箱倒柜找到几个老相册，可怎么翻都只有爷爷奶奶、爸爸妈妈和我的照片。合上相册，我坐在沙发上仔细回忆。爸爸说过，太爷爷是一名抗战老兵，还参加过抗美援朝战争，上过前线，负过伤。那太爷爷为什么去敬老院住呢？对了，是因为他得了阿尔茨海默病，害怕记不得事情后拖累我们，自己主动去的。想到这里，我决定再去敬老院找找看。

## 三

在敬老院门口，我看到了一个“鬼鬼祟祟”的身影。定睛一瞧，那不是我的幼儿园同学杨洋嘛！“嘿！”我从后面重重地拍了他一下。他“啊”的尖叫一声，手里的水果散落一地。

“对不起，对不起。”我一边道歉一边捡水果，“没想到吓到你了。你是来看老人的？”

“呀，陈晨，好久不见！我是来道歉的。”杨洋低头解释道，“前几天，我的球飞进了敬老院，听说吓到了一位老人。”

我拾起水果递给杨洋，拍了拍他：“原来是你。知错认错，还是好同志。”

再次走进敬老院的我，主动和护工伯伯打招呼，询问院长室在哪儿。我想陪着杨洋去院长那里道个歉，顺便请院长帮忙寻找太爷爷。

院长在宣传陈列室里办公，门大开着，里面却没人。我俩敲敲门，走了进去，惊讶地发现墙上挂满了照片、锦旗，实在太震撼了。原来，这家敬老院是由众多抗美援朝老兵和他们的子女捐助开办的，我在创始人名单里看到了太爷爷的名字。名单里的第一个名字——仇伟仁，听起来有些耳熟。

我们在宣传陈列室里看得入神，照片墙上有仇伟仁爷爷戴着大红花被授勋的照片。他的眼睛大大的，鼻梁高高的，嘴唇厚厚的，笑容很灿烂，但他的左臂消失了……

“听说你们是来找我的？”一位爷爷笑盈盈地走进来。

“您是院长吧？！”我兴奋地回道，“我是陪朋友来道歉的，也想请您帮忙寻找太爷爷。”

“前几天飞进敬老院的球是你的？”院长爷爷问杨洋。

杨洋点点头：“我不是故意的，院长爷爷，对不起。”

“知错能改，就是好样的。既然来了，我带你去当面道歉吧。”院长爷爷边说边带着我们往外走。

“谢谢您！您一会儿也能帮陈晨找太爷爷吧？”杨洋问道。

“当然，不过事情要一件一件地办！”院长爷爷笑着说。

## 四

“对，对不起。”杨洋站在受惊的老爷爷面前低着头，“我以后踢球一定注意周边环境，请您相信我。”

“咳咳，念你是初犯，球拿回去吧。不要再犯！”老爷爷笑着给护工伯伯递了个眼神。护工伯伯手托着球，往地上一抛，球向杨洋脚下滚去。

“快卧倒，有手雷！”人群中突然冲出一位老人，他高喊着，身体迅速伏在地上，死死压住了球。陈晨和杨洋顿时惊呆了。

院长爷爷镇定地说：“别慌，老人应该是想到了当年战场上发生的事情。”

我凑近一看，大眼睛、高鼻梁、厚嘴唇和消失的左臂，这不是照片中的仇伟仁老爷爷嘛！

“仇老，这是个球，不是手雷，您先起来，地上凉。”院长爷爷招呼我帮忙扶起仇老。

“太爷爷怎么摔倒了？”妈妈不知道什么时候出现在人群中。

“太爷爷？”我看看仇老，又看看妈妈。

“我就知道你没那么容易完成任务。”妈妈赶紧跑过来，拍了拍仇老身上的灰尘。

“阿姨，陈晨是为了帮我，才耽误正事的。”杨洋抢着解释道。

“对，他们都是好孩子。”院长爷爷也来解围。

妈妈笑着看了我一眼，转头说道：“杨洋，你长高了不少呢。中午也留下为太爷爷庆祝生日吧！多一个人，多份热闹。”

“好，我去厨房帮忙！”杨洋勤快地接过妈妈手里的蛋糕和水果，朝厨房跑去。

## 五

我和妈妈扶着太爷爷回房间，帮他收拾了一下。

“妈妈，太爷爷不是得了阿尔茨海默病吗？为什么战场上的事情，他记得那么清楚？”我拉着妈妈好奇地问。

“因为他心里一直记着救过他的战友。当年战友就是这样牺牲自己，保住了他和其他同伴的生命。”妈妈有些哽咽。

“那太爷爷为什么和我不同姓？”我很疑惑。

“其实那位牺牲的战友，才是你的亲太爷爷，他叫陈伟仁。从战场回来的仇老为了纪念你亲太爷爷，改了自己的名字，而且一直照顾你爷爷，资助你爸爸，还照看过刚出生的你。”

“那爷爷出资建敬老院是为了太爷爷吗？”我激动地问。

“建敬老院是太爷爷的想法，他希望有个地方可以照顾留下来的战友，更希望能把回忆和情义一直延续下去。”妈妈顿了顿，“你长大了，有些事情还需要你一直做下去。”

妈妈从太爷爷的衣柜里拿出一身军绿色的套装递给我，说：“去给太爷爷擦擦脸和手，帮他把最喜欢的衣服换上。”

“好！”我急匆匆地跑到太爷爷面前，正好对上了他的目光。

“小晨，你来了。”太爷爷开口道。

“您认得我？”我兴奋地问。

“当然，你妈妈每年都给我一张你的照片，我从没忘记过。”太爷爷笑了。

# 葱味友情

## 一

“你看看，你家的梯田，层层叠叠，直上云端，非常好看。”语文老师指着唐菲只有蓝色线条，没有任何字迹的作业本，忍着一肚子火，“要是插上秧苗，一抹绿色，飘到天上，没准，摄影爱好者，千里迢迢、翻山越岭前来取景。”

唐菲已经不止一次一个字未写，此刻的他，就像已经塌方的土堆——低头不语。

我看着他挨训的模样，心里难受，呼哧一下，像一阵风，一步跨到老师跟前。

“嘿嘿，老师，我来帮助他把作业补上。”我搓着手赔着笑脸，一个劲儿争取老师对唐菲的宽容。

此刻，老师手机突然响起《总认为来日方长》，接完电话，匆匆忙忙走了，把唐菲无条件地交给我。

就在老师的背影消失在走廊的尽头时，上课铃响起。这一节是体育课，我向体育老师请了个假，铺开唐菲的作业本，把不情愿补作业的唐菲按在座位上，我陪着唐菲老老实实地补昨晚的作业。

谁叫我们是好朋友呢？

说起唐菲，他是我只有三天的同桌。三天的时间，就让我觉得唐菲像兄弟。

初一下学期九月的一天早上，我从河南老家，转学到我现在的城市。

头一天，老师扫视一下来了几个新同学的教室，就把又高又瘦的我，安排在又矮又胖的唐菲身边。

为了让唐菲尽快接受我这个新来的同桌，我掏出书包里没有来得及吃的葱花芝麻饼，递给唐菲，一股香味在我们身边飘荡。

我怕唐菲因不了解我，拒绝我的一片心意。没想到唐菲大大方方笑着接过，猛咬一口，连声说：“好香，好香。”

一节课后，我们彼此有了熟悉感。就这样，一节课后，让我们走进各自的心里。

体育课下课了，我陪着唐菲把作业交给了老师，唐菲如释重负，他约我到校园小树林走走，看他眉头微锁，估计有什么心事，我满口答应。

我们俩在树林绕来绕去，也没见他说什么。我们在小树林玩了一会儿，就匆匆回教室上语文课，这一课是写作文，题目是《我的爸妈》。在没有写之前，老师让大家畅所欲言。

我和唐菲没有说什么。

## 二

时光匆匆，一天结束了，我踏着晚自习的月光，走在回家的路上，来到杏花巷，那是我家卖葱花饼的地方。

爸爸妈妈还没有收摊。他们在灯光下忙碌着，虽然没有几个顾客，但他们一脸的疲惫告诉我，白天生意不会差到哪里去。来这城市，没有选错。

橙色的灯光温暖着这条巷子，甚至这条街，这座城市。

我把自己在新学校新学的东西，一股脑儿告诉了爸妈，最多的是介绍我的同桌。

妈妈听了笑盈盈地说："好哇，别忘了，明天带几块饼，给同学们尝尝。"

爸爸嘱咐我："人在陌生地，多交知心友。"

第二天，我起早上学，路过我家葱花饼摊位。见买我家葱花大饼的人还真不少，我停下脚步，帮爸妈打下手。

捡葱、揉面团、捅炉子，我都会。爸爸撵我去上学，妈妈在我书包里塞了几块大饼。

从语文课上了解到，班里条件好的人很多，有的爸爸是搞房地产的，有的开公司，有的开连锁店，还有的同学妈妈是电视台节目主持人。

沈菲儿的妈妈就是区电视台新闻节目主持人。

第三天，一切还是那么新鲜。我跨进教室，沈菲儿从我身边走过，捏着鼻子。我知道自己身上除了葱花味，没有其他异味，心里不是滋味。

关键时刻，唐菲抓住我的又大又厚的手掌说：“这葱花大饼，就是香。”说完，对着“葱花大饼”假咬一口，引得大家哈哈大笑，一下子缓解了尴尬的气氛。

沈菲儿一脸嫌弃地走开。

上课了，班长喊起立，我和唐菲，一高一矮一胖一瘦杵着，四周有并不友好的笑声。

我感觉后背被人家贴了取笑的纸条。

班主任抬眼瞅着，左看看，右看看，发现不对劲。一个调令，还是把我换到最后一排。

唐菲并没有因“路途遥远”冷落板凳没有坐热的我，一有空就找我玩。因为我们都喜欢辛香的葱花味。

好长一段时间，小树林成了我和唐菲袒露心迹、公开秘密的地方。

唐菲把他家里的一切告诉了我，爸爸在戒毒所戒毒，妈妈离婚后改嫁到别的地方。他与年迈的爷爷一起生活。

同学们不知道从哪里打听到这些信息，没有几个愿意靠近唐菲。我倒不是因为是转学来的，对别人特别殷勤，而是，唐菲没有理由没有朋友，他为人厚道，至于为什么不好好完成老师的作业，估计另有隐情。

星期天，唐菲七弯八拐，找到我家摊位，星期天顾客不多，爸爸骑着三轮车出去揽活，妈妈到超市进货去了，留下我守摊。

唐菲的到来，感觉炉火更旺了一点儿。几个逛街的人，一下子买了十几块葱花饼。我不慌不忙，动作娴熟。

唐菲收钱，找零，把微信、支付宝收款码拿在手上，方便顾客扫码。

## 三

自从唐菲的爸爸吸毒后，家，支离破碎。妈妈重新选择生活，奶奶高血压，甩手走了。爷爷一气之下，眼睛几乎看不见，现在还躺在医院的病房里。好在他大姑陪在爷爷身边。

唐菲一有空就往医院跑，陪陪爷爷。有时候我也跟着唐菲去。

一个周一的早上，我急匆匆地赶到学校，还是迟到了。老师狠狠地批评了我。

老师不依不饶，一定要一个迟到的理由。

“爸爸妈妈在杏花巷摆摊，昨天路灯坏了，没做几笔生意，收摊晚了一点儿！”

“这与你迟到关系不大吧！”老师看着我的眼睛说。

“我用爸爸的手机当电筒，负责照明，这样多做了一会儿生意，回家晚了。”

“哦，原来如此！为父母分忧是好孩子，可学习也不要耽误喽。”

唐菲在一旁听着，若有所思。

中午他请假回家一趟，不知道他家发生了什么事情。

夜自修结束回家，我特意来到杏花巷，看看路灯怎么样。

爸爸妈妈说路灯不知道被哪位好心人给修好了。明亮的灯光，照得满巷子亮堂堂。

东方露出鱼肚白，我早早来到学校，想把路灯修好的事情告诉我的朋友唐菲。沈菲儿告诉我他脚骨折了，听她说：“唐菲请了他的一位电工表叔来修路灯，回家的路上，他扛着人字梯，不小心绊了一跤。”

沈菲儿还说，她妈妈的单位电视台要采访唐菲和他的表叔。

我一听，请假来到医院看望唐菲。唐菲告诉我别让他爷爷知道。听了唐菲的话，我心头涌出一股酸涩热流，迫不及待地推开唐菲爷爷病房的门……

“你是唐菲的同学，找……”

我示意唐菲姑姑不要说话，走到唐菲爷爷身边，叫了一声爷爷。

唐菲的爷爷点点头。

“孩子，我有好长时间没看到你了！你是不是瘦了？我真是作孽呀！”

我连忙从口袋里掏出事先准备好的葱花饼，塞到嘴里，两个腮帮鼓鼓的，抓住唐菲爷爷的手往自己腮帮上按着。

我又吞下馒头，梗着脖子说：“爷爷，你放心，我好得很，还胖着呢！”

“可是，声音听着有点不一样了呢。”

“那是我开始长大啦！”

## 四

唐菲骨折后在医院待了几天，就回家休养了。就这样，我替代唐菲陪伴爷爷过了一段时间。

我告诉唐菲，爷爷都不知道他的情况，我替他孝敬，可能没有他做得好。

一句话说得唐菲眼泪都流出来了，似乎是被我身上的葱味熏的吧。

“快把这几天作业帮我补上！”唐菲向我下命令。

“好的，再过几天，我可以背你上学！”我欣喜地说。

“我胖，再加上石膏的分量，你……”

“不是还有同学们吗？”

咚咚咚，有人敲门，我起身打开唐菲的家门，同学们像一股热流般涌进来，簇拥在唐菲的身边。

沈菲儿特地带来一份礼物，她在大家的目光聚焦下，打开精心包装的盒子。

一盒子的葱花大饼，满屋子飘着香味。

## 球场风波

### 一

篮球场上，比分胶着。运动员快速移动着脚步，心中如烈火般的胜负欲在燃烧。传球、进攻、投篮……紧张的气氛笼罩着全场。

25 比 27。

胡鑫眼疾手快，一下子从对方球员手上断下球，以闪电般的速度冲向篮筐下。

胡鑫脚一滑溜，连人带球一起倒在地上。球，像狂风中断了缆绳的小船，一下子抛出去。

说时迟那时快，胡鑫用长臂猿的优势，一手钩住快要逃跑的篮球，旋风般一跃而起，带着失而复得的球，单枪匹马杀开血路，冲出包围。

遗憾的是，他带球来到篮球架下，又被夹击。

他急中生智，纵身一跳，手里的球如同拉了弦的手雷，很快地抛给负责外围接应的李木然。李木然接球真准，一下子把球牢牢地抱在怀里。

李木然怕到手的球失去得分的机会。要知道，能拿下这关键的三分，就可以以一分优势取得这场比赛的决战胜利。这胜利对胡鑫和他自己来说，都是至关重要的。

李木然行疾如风，一个假动作，晃过对手，然后信心满满，抬手一抛……观众席上传来一片惊叫声。

可是，球，撞在篮筐上，弹出篮筐外……

观众席中又传来一片叹息。

结束哨声响起。

“唉！”胡鑫瘫坐在地上。

胡鑫所在的河马队以两分之差，输给对手骆驼队。

回家的路上，胡鑫沉默不语，李木然用苦涩的笑，不停地跟他道歉，但也无法让他释怀。

## 二

胡鑫一到家，就把书包重重地摔在床上，接着像一块石头一样，直直地砸在床上。

“前天的语文考试出成绩了吗？”妈妈推门而入。

胡鑫捂住耳朵，不耐烦地转过身去。

“你外公白内障手术很成功。”妈妈改变口吻道。

“真的！”胡鑫兴奋得来个鲤鱼打挺，“啥时候我可以陪他看球赛？”

“这个……”妈妈支支吾吾，欲言又止，转身离开。

胡鑫追上妈妈，来到厨房，帮着妈妈往保温杯里倒鸡汤。

“外公什么时候可以出院？”胡鑫满脸焦虑和疑惑。

“应该差不多，很快吧。你好好待在家里，外公有妈妈陪护。”

妈妈说完，穿上外套，出门，转进电梯。

独自在家的胡鑫，脑子里翻腾开了。

他答应陪外公看月底的一场球赛，那是一场国际邀请赛，一家房地产公司邀请了澳大利亚著名的业余篮球队来比赛。

我方调集本市业余比赛的顶级球手，准备一决雌雄。白天刚刚结束的那场球赛，胜方的奖品就是这场比赛的入场券。

可是，比赛失败了，他失去陪外公看球赛的机会，他非常难过。

胡鑫做完作业，推开窗户，望着满天星斗，想到外公，却毫无睡意。

外公曾经忙碌的身影，反复出现在胡鑫的脑海里。

记得几年前，他上小学时，外公陪他学自行车，累坏了腰，却从未跟他提起。

还有一次，傍晚下起雨，雨越下越大。下课铃一响，胡鑫冲到门口，在人群中寻找外公。家长们都把雨衣的帽子戴得严严实实的，唯独胡鑫的外公没有戴帽子，顶着风雨，焦急地等待着。

胡鑫一眼看到外公，奔到跟前，埋怨外公不戴雨衣帽。外公笑呵呵地说：“我扣上帽子，和大家一样，你找得到我吗？”

胡鑫接过雨衣赶紧穿上，戴上口罩，乘上开往中医院的公交车……

## 三

白天一场让他失望的球赛，一直在他脑海里翻腾。李木然出现的低级失误，令人怀疑他在放水。

记得几天前，班委会上，讨论优秀生评选的事情，李木然作为纪检委员，他提议把各项成绩加起来，分为A、B、C三等，A类入选，B类考虑之中，C类直接淘汰。

班主任听了，微笑着对方案表示了肯定。

正当李木然沾沾自喜的时候，胡鑫站起来说道："把候选人分为等级，感觉会伤自尊心，每一个候选人都是优秀的，应该在更加优秀的基础上加一个星号，这样，积极上进的心都能得到尊重。"

一番话说得班主任频频点头，立即拍板，定下使用胡鑫的方案。

李木然给了胡鑫一个捉摸不透的眼神。

从此以后，球场上，两人互相不配合成了常有的事。

几个星期前，李木然帮助隔壁班李娜的事情，在校园里传得沸沸扬扬。

那是一个月色朦胧的晚上。晚自习结束，李娜家人没有来接她。李木然有一段与李娜同路，他便陪着李娜一同回家。

月儿穿过云端，小巷的路上，两人的身影在黑黝黝的石板路上烙下模糊的花纹。一只野猫不知道从什么地方蹿了出来，吓得李娜本能地大叫一声。李木然也受到惊吓，慌得不知所措，顺势用手护住李娜。

可是，原本单纯的助人为乐事件，被传得变了味。

胡鑫的外公就住在这条巷子里。李木然多方打听，几经推测认为，那晚胡鑫有可能就在这条小巷里散步。他认定谣言一定是胡鑫传出来的。

“臭小子，看我怎么收拾你！”李木然生气地咆哮着。

事情的版本在不断升级。传言把情节不断丰富。胡鑫听不下去了，挺身而出，极力澄清，维护好朋友李木然的形象。可是，李木然却认为胡鑫在演戏，装好人。

“故意输掉比赛，就是他有预谋的报复！”胡鑫越琢磨越肯定，越回忆越生气。

## 四

从医院回来的路上，胡鑫的脑海里一直想着外公被白色绷带裹着的眼睛，还有由于中风，一时动弹不了的左腿。

星期五的下午，胡鑫路过体育老师的办公室，看到李木然在体育老师面前一副讨好的样子，让他心生鄙夷。

体育老师不知道对他说了什么，乐得他一蹦老高，然后飞快地跑出办公室，与胡鑫撞个正着。

“胡鑫，我正找你呢。我要求再赛一场，老师同意了，我们准备准备吧！”小李子气喘吁吁地说。

胡鑫一听，心头一震，他抬眼看了一眼李木然，感觉李木然的眼睛里比往日多了一些真诚。

为了外公，他不顾李木然的恩恩怨怨，拉着李木然的手直奔篮球训练场地。

几天后，篮球场上再度剑拔弩张，往日安静的校园一下子变得沸腾起来。

随着一声哨响，一场激烈精彩的比赛拉开了序幕。

胡鑫抢到篮板，以迅雷不及掩耳的速度，飞奔篮筐下，纵身一跃，取得开门红。场上爆发出热烈的掌声。

分数在交替上升，骆驼队紧咬不放。25 比 26。胡鑫的河马队目前落后一分。

李木然几次断球成功，可惜外围进攻没有让比分拉开。

时间一分一秒地过去，还有一分钟的时间比赛就要结束，决定胜负的时刻到了。

李木然悄悄地对胡鑫说了几句，胡鑫一下子就明白了。

胡鑫杀到篮球下，把球抛给外围的队友。对方兵力集中外围。李木然稳稳一接，球毫不费力地灌进篮筐……

27:26。

李木然关键时刻，拿下宝贵的一分。比赛场上热闹非凡。胡鑫学着球星的样子用前胸使劲地撞了一下李木然，李木然没有想到胡鑫撞得那么猛，一个趔趄，仰面倒在地上……

“哈哈哈……”篮球场上响起阵阵欢笑声。

一声哨响，比赛结束。

胡鑫拿着来之不易的入场券直奔医院。

“等等我，我也去！”李木然说。

“住院的是我外公，又不是你外公！”

“我跟你是哥儿们呀！”李木然笑嘻嘻地说，“我搞清楚了，那个谣言是我送外卖的表哥传出的。那天晚上，他在巷子里送外卖，就把看到的情况断章取义地告诉了周围的人。是我误会你了……”

“其实，我也误会你了，咱们扯平！是我误会你了！”

# 飘在城市里的一片羽毛

## 一

一片洁白的羽毛，知道从哪里来，但不知道要到哪里去。风高兴时，它可以飘得很高很高，可以看到高层楼的宠物猫，瞪着眼望窗外的清洁工小伙子发呆。风不高兴时，谁也不爱搭理，用闭目养神的方式，拒绝一切诱惑。羽毛只好乖乖地粘在狗尾巴草上，被狗尾巴草晃来晃去。狗看到了，顶多嗅一下，打了个喷嚏，揉着鼻子悻悻地离开。

羽毛粘在枯黄的狗尾巴草上，已经有好长时间了，它已经能数得出草上有多少根针芒，甚至，有多少籽是瘪的，不用列式子计算就知道。

一只小鸟飞来，看到狗尾巴草上的羽毛。羽毛心头一亮，有希望离开这个鬼地方了。

结果，小鸟没有把羽毛当作建窝的好材料，让羽毛离开狗尾巴草，只是把一片洁白高贵的羽毛，赖在土得掉渣的狗尾巴草上的事情传开了：这是来自白天鹅身上的；这是洁白如玉的羽毛；这是孔雀毛见了都掉色的羽毛；还有的说，这是一片皇冠上的羽毛。

其实，这是怎样的羽毛，只有它自己最清楚。

## 二

科技小组的钱小森与队友邓维维因暂时联系不上微型飞行器，心急如焚。

星期天，科技组主要成员忙着对刚设计好的微型飞行器，进行试飞。

钱小森鼓捣这个玩意，不知道挨了多少次妈妈的碎语功夫，幸亏妈妈说他皮厚，才有攻不可破的功底。在科技馆工作的爸爸的支持下，钱小森不至于看妈妈的脸色，有时候在妈妈眼皮子底下，拆妈妈的吹风机，妈妈只能干瞪眼。为了安慰中文系毕业的妈妈，钱小森说：“砸破一个旧世界，就是为了建立一个新世界。”

妈妈：“风萧萧兮，易水寒，壮士执迷兮为哪般！”

要在中文系毕业的妈妈面前挺起胸膛，必须让科学的力量改变妈妈坚如磐石的目光。

## 三

又是星期天，羽毛足足郁闷了一周。

傍晚时分，隆隆的飞机声，由远而近。一架直升机呼呼而来，这是一架消防演练飞机，飞速旋转的螺旋桨，让羽毛终于离开狗尾巴草。

信号指示灯跳动几下，钱小森激动得抱着遥控器，把这个好消息告诉了趴在桌上开始打呼噜的邓维维。

邓维维对科学兴趣不浓，他为了研究妈妈为什么对减肥执迷不悟，才走近钱小森身边，当起电灯泡。看着邓维维哭丧着脸，钱小森咬牙收下门徒。

羽毛在空中飞舞，它不希望老是待在低处，它觉得自己应该遨游四方。

羽毛飞得很高，一时半会儿不会掉下。

太阳钻进远处山的黑袋里。羽毛在漆黑的世界里，由高空飘下。它沿着一幢高楼的外墙壁做不规则落体运动。它没有奢望，只是不希望与狗尾巴草待在一起。

它掉到29层的晾衣架上，衣架上毛茸茸的拖把让它暂时走不了。

信号指示灯恢复正常。红色的三秒跳一下，蓝色的保持亮的状态。

它庆幸自己身居高处，一切嘈杂之声远离它。

## 四

夜深人静，29层的书房里，灯，还亮着。书房里是一位十二三岁的男孩子。他是一位侦探小说迷。

秘密图纸藏在一个瓶子里，要取出，不可打碎花瓶，只能从解读“香蕉花露水”中，悟出取秘密图纸的方法。

男孩绞尽脑汁。明天是揭晓答案的最后一天了，如果知道这个答案，编辑短信发给主办方，将会获得一件丰厚的奖品——一台榨汁机。

男孩看了一眼姥姥抱着一兜黄豆出去的背影，越急越想不出来。

"'香蕉花露水'，只是取出图纸的秘诀，可是我怎么也想不到。"男孩急得跑到窗边。

在远处的钱小森手里的秘密武器播放器里，发出了男孩的声音。

"我要用我的智慧，为姥姥添置一台榨汁机。哎，怎么想不到呢？我已经破解几条了，就是这一条让我无从下手，谁能帮帮我呢？"

还是男孩的声音。已经是求援的状态。

钱小森一时想不出，推了一把邓维维，邓维维从睡梦里爬出来："把香蕉皮剥下来，涂在蚊子咬过的地方，比花露水效果好。"

"啊啊啊！"钱小森气得直叫。

离截止时间还有几分钟。

"姥姥，过几天你就有榨汁机了！"男孩对着窗外的姥姥大喊，"我一定要破译秘诀！"

钱小森手里的特殊遥控器接收到男孩的语音信息。

钱小森求助一旁写作的中文系的妈妈。

"妈妈，有件事情，需要你帮助！"钱小森搬出厚脸功。

"是放下手中的玩意，捧起书本吗？这事我同意。"

“不，妈妈，帮我破译一个秘诀！你是中文系的，越快越好！秘诀是：香蕉花露水。”

妈妈用她弯弯的如同小勺子的目光，在钱小森的眼睛里挖呀挖，挖到钱小森的迫切，而且是非常迫切！！

“注意谐音！”妈妈敲了一下键盘。

“啊，哦。”钱小森挠挠后脑勺，“我知道了！‘香蕉’谐音先浇，‘花露水’，浇了水，就会露出。”

钱小森马上把取纸条的秘诀发送到外飞行器上。

男孩站在窗口，听到一种微妙的声音。

“先浇水，纸条就会露出来！”

男孩马上把答案发送给指定平台。时间还剩下一秒钟。男孩舒了一口气。

男孩得到一台来之不易的榨汁机。

“哦，啊，我的答案对啦！感谢来自窗外楼下的声音！”男孩在喊叫。

男孩一直以为是楼下人在提醒。

钱小森收到信息，并把这件事告诉了妈妈。妈妈对钱小森说：“孩子，搞飞行器研究是业余，主课不可掉以轻心。”

妈妈还没有完全支持。钱小森点点头，表示感谢妈妈刚才的援手。

## 五

忽然刮起了一阵风，羽毛被刮到 9 楼的三岁孩子的裤子上。羽毛粘在毛线裤上，不上不下。

“我的天哪，裤子上童子尿的味道依稀可闻。”羽毛抱怨道。

钱小森手里的飞行器指示灯不正常地跳动着。过了一会儿趋于平稳。

忽然接收到孩子的哭声，起初平稳，咚的一声后，哭得撕心裂肺。看样子孩子出现问题了。

钱小森马上把收到的信息告诉妈妈，要求妈妈联系物业。物业接到电话，蹭蹭蹭，来到9楼，确实听到小孩哭声，而且是一种恐惧的哭声。

物业马上联系该住户的业主，业主接到电话，火速从菜市场赶回家。原来小孩睡醒后，发现大人不在，准备爬窗找大人。好危险呀！

妈妈收到物业的表扬，还奖励一台榨汁机。回到家，妈妈一个劲儿夸钱小森。

有了妈妈的支持，钱小森对微型飞行器研究更加痴迷。

飞行控制问题，在爸爸的帮助下有了明显改进。羽毛漂泊几天，终于回到主人身边。

学校科技小组的老师提出一个新的问题，这种飞行器有窃听功能，涉及个人隐私，如何让窃听器能识别哪些语音不能接收，哪些语音必须接收并负责传送，还需要研究。

这一下，爸爸从图书馆借来了好多科普方面的书。妈妈买来一大堆研究先进微型飞行窃听器的材料。

夜深人静，羽毛看着这么多材料，想想自己有可能要被淘汰，不觉对飘荡的日子充满怀念。

“钱小森，告诉你一个好消息，我已经对科学感兴趣啦！从明天开始，我要研究身体脂肪从哪里来，让它到哪里去。”

羽毛一听，激动得在屋子里飞舞起来，它以为有人要研究它呢？

天亮了，一片特殊的羽毛，在高楼林立的城市里飘着，看样子能自己控制自己，可以高、可以低，也可以转弯，侧身飞……

# 美术室里的谜团

## 一

“是我故意带球撞人，一脚射门，导致被撞的同学倒地并且鼻子流血，球踢到树林里，保证下不为例……小题大做，哼！”

李晓明抬头看见不知道啥时候站在他身边的我，把写好的检讨书，揉成纸团狠狠地扔到窗外。凭借着他的怒气、臂力和体育课上掷垒球的超常发挥，这纸团一定会越过两楼之间的绿化带，还有气象观察哨的旋转风车，砸到对面一幢楼的美术教室的窗玻璃上。

我借机溜出去，我为自己出去玩，找了一个冠冕堂皇的理由——看看纸团有没有砸到美术室的窗玻璃。

我一路小跑，班长催我交作业的事儿，丢在了后脑勺。我来到已一个月没有使用的美术教室。刚靠近，就听到咕咚一声，吓得两腿发软。我按住胸口，心里想：千万别让小心脏跳出来。我迈着碎步，移到玻璃窗前，贴在玻璃上，看到课桌像列队的士兵，整整齐齐，板凳都躲在桌子底下一声不吭。黑板还是好好的，上面的“蒙娜丽莎的微笑”几个字，没有因惊吓而缺胳膊少腿。讲台还是站在它的位置，挂在墙上的凡·高、毕加索、达·芬奇等世界名画都好好的。

一切正常。

“见鬼了。”我心里嘀咕着，“没有什么异常？”

正当我返身离开的时候，又从美术教室里传来“噗噗噗”的声音。

我再一次靠近窗户，发现声音是从教室后面长桌子上的石膏头像发出来的。我瞪大眼睛，仔仔细细地观察，发现《掷铁饼》的肌肉男，一直扔不出手里的葱花大饼（饼上有灰尘）；《沉思者》的主人半裸着身体，一直想自己的衣服，到底被哪一个捣蛋鬼拿走了；《莫里哀》嘴角一直挂着哀怨版淡淡的微笑……

《小卫》的美第奇，眼神一直迷茫，声音肯定是从他那儿发出来的。

“声音肯定是他发出来的！”我几乎要喊出声。

“咕嘟咕嘟！”

这是美第奇在喝水，或者是，他渴望喝水，在自我安慰吞咽口水。

我兴奋得差点儿蹦起来：“就是《小卫》，就是美第奇！”

为了确认这声音来自美术室，我下意识地试探推门。

门，纹丝不动。

声音还在响，确定是来自美术教室。美术教室是一间大教室改成的，一半是用作动物标本实验室，玻璃橱窗里陈列鸡、鸭、鹅及鸟类的标本，都是用水银特制，早已没有“生命体征”。

我感觉自己像一只从山上滚下的南瓜，轰轰烈烈地奔回教室，早已忘记了去美术室是干吗的。

## 二

“土豆，我今天……我今天……去美术室，听到教室里传来怪声，那声音很恐怖！”

我从瘦高个的人身后，来一个大转弯，我从某一本科学杂志上，看到一篇文章，说什么“瘦子一般听不懂别人的八卦”。因为瘦子，瘦得只剩一根筋，“一根筋”，连语文老师也说，是形容不会变通、固执死板的人。我也避开李晓明，因为李晓明最近的情绪糟糕，谁招惹他，等于飞蛾扑火。他估计心里还在说我君子不做，做小人，是我偷看他写保证书，其实，冤枉啦，我只是路过而已！

说起李晓明，也确实够背的，一球换来一张保证书。球砸进树林，班长到树林里找球回来，说是李晓明一球造成一家人妻离子散、家破人亡。

瞧班长一脸严肃的样子，估计这球没准砸中要害了，难怪老师要他写保证书。

我选择了胖子“土豆”。没想到“土豆”一言不发，这则旷世奇闻没有让“土豆”一身肉飘起来。我想拉“土豆”到现场看一下。看着“土豆”趴在那里写作业，凭着自己的力气，估计拉不动。我灵机一动，从抽屉里拿了一包辣条，在“土豆”视线里晃了晃，“土豆”看了一眼，眼睛里露出一点儿妥协的意思，欠了欠身子。

“我的未来探长，不要想不切实际的事情，大白天，好好的教室，怎么会闹鬼呢？看在我们是朋友的分上，我决定还是让自己上当一回。不过，要等我把这道题解出来！”

我伸头一看“土豆”的作业本，指着一条解方程的题目：“假设小明射出去的球的运动轨迹为 × ！不就出来了？”

“土豆”一拍后脑勺，笑成弥勒佛。

离上课的时间已经很近了。刚迈出几步，铃声响起。

我心里燃烧的火熄灭了，怪“土豆”做事磨磨蹭蹭。

## 三

下午最后一节课是音乐课，哼哼唱唱，音乐老师把最后十分钟交给了班长李莉。李莉把最后十分钟叫我消耗掉。我只是自认为男中音，没有想到，班长纯粹是“公报私仇”，催交作业让她不开心。此刻，赶鸭子上架，没有办法，我就阴阳怪气地折腾一下，我哪有心思唱歌呀。

教室里吵得像一锅粥。

终于下课了。

匆匆赶来下课的音乐老师，一脸不高兴，对李莉一肚子怨气。

此刻，情绪恢复良好的李晓明从衣兜里掏了一把米，在生气的班长面前示意了一下，班长像母鸡见到大米一样，点点头。

我看了莫名其妙，这是什么暗号呢？他们有什么秘密行动呢？

我和“土豆”避开同学们的视线，一下子溜到美术室外。

我想直接推门。门还是板着严肃的面孔。“土豆”挥拳，被我拦住。

“你是怕我知道你在骗我吧！”“土豆”一脸坏笑。

“里面确实发出诡异的声音，我们来的不是时候！要不，等一等，或许怪物知道我们来了，就隐身了。”我指着天空，“我对天发誓，我没有半点儿骗你的意思，只有拿到钥匙，打开门，进入教室，彻底查一下！就知道一切！”

“呼噜，啪嗒。”

我和“土豆”准备离开时候，怪声再一次出现了。

“拿钥匙开门，一切都知道了。”“土豆”也急了。

“这事，只能劳驾班长李莉，据我所知，她是美术老师的表侄女，可我今天惹急了她，这事……还得请你……帮一下。”

我软磨硬泡，说服了“土豆”。

“土豆”也被怪声搞得心里痒痒的，接过任务，就去找班长李莉。

## 四

“土豆”在走廊里遇到李莉，李莉今天负责监督倒垃圾，她拎着垃圾桶，捏着鼻子，一路小跑。看来她又在替人解难了。“土豆”见了想说，就是不知道从哪片嘴唇撬起。

一阵风吹来，浮在桶上的垃圾来个“胜利大逃亡”，又来个“天女散花”。

“土豆”见机，连忙一边追，一边捡。

我从远处看到，连忙前去援助。

几个活泼可爱的身影忙碌着，终于把地面收拾得干干净净。

天边一抹绚丽的晚霞，像飘在胸前的丝带。

班长满脸感动。“土豆”趁机搭话，说什么打开美术教室，是为了打扫一下卫生。我见理由不充分，加了一句，是为了看看墙壁上的“蒙娜丽莎”。

李莉一听，眉头一皱，她猜出几分猫腻。

“土豆”在班级里手脚并不勤快，“土豆”却拼命要找这个露馅的理由；我对美术也没有天赋，人一急，就慌不择路。

班长摇摇头，没有答应。这一下，急坏了我和“土豆”。

就这样，在煎熬中过了几天。

星期三早上，班长趴在桌子上，心事重重。我上前一打听，知道了合唱团过几天要到市里比赛，偏在这节骨眼上，一名队员因病请假一个星期，老师要求她尽快解决。

我拍拍胸脯，毛遂自荐。班长见到救兵，眉头舒展开了。为了弥补一下过去，为了顺利拿到打开美术教室的钥匙，也为了证明自己是将来有前途的男中音，我起早贪黑地排练，一次排练结束，黑灯瞎火地在胡同里跟电线杆撞了一下，感觉也不怎么疼。

比赛如期进行，还拿下了一等奖。

班长非常感谢我的救场，我感觉不好意思。其实我要的是钥匙，而不是表扬。

“希望我这一次表演是打开美术大门的钥匙，不，是打开音乐大门……”

我话还没有说完，班长就带着我去找美术老师。

钥匙拿到了，我和“土豆”溜进了教室，找遍角落旮旯，没有找到怪声。

美术室隔壁是科学实验室，科学实验室里的标本不可能复活。我一看，发现科学实验室一半是学校食堂储藏室。

“咯咯咯”。

声音是来自储藏室，我和“土豆”一前一后，蹑手蹑脚靠近怪声。

响声越来越近，看到让我傻眼的一幕：折腾了几天的怪声，原来是一只母鸡在孵小鸡，是老母鸡发出的声音。

母鸡见到人，立刻张开翅膀，警觉起来。我定睛一看，母鸡腹部底下是几枚小小的鸟蛋。

“母鸡是怎么来的？”“土豆”说。

“是谁让母鸡来替鸟妈妈孵小鸟呢？”我自言自语。

正当我和“土豆”满腹疑问返身离开时，迎面和班长、李晓明撞了面。

原来李晓明一球砸到树林里的鸟窝，鸟妈妈吓得不敢回家，也许鸟妈妈猜到，圆滚滚的足球会砸坏它的孩子们，从此，绝望地离开。

体育老师一急，就让李晓明写保证书，这事，由班长负责监督。体育老师煞费苦心，买了一只老母鸡，试着让它替鸟妈妈孵小鸟。照看母鸡的事交给了班长。班长拉来了一直自责的李晓明一起参加这项特殊活动。

怪不得班长拿钥匙的时候吞吞吐吐。

放晚学的时候，李晓明告诉我，不该错怪我。分路走的时候，他在我耳朵边说了一句悄悄话：“原来体育老师从小没有妈妈，所以他对一窝没有妈妈的鸟蛋，特别疼爱有加，忙前忙后。”这话我信了，这就是体育老师小题大做，叫李晓明写保证书的原因。

大家知道体育老师的故事后，每天对鸡妈妈倍加呵护，直到“咕咕咕”的声音，变成叽叽喳喳的优美旋律。

## 笑话开到电视台

“告别粗糙的昨日，但愿未来像巧克力一样丝滑。”

于璐柳下巴搁在桌上，她在日记本写上这一行字。

已经有三天了，她的同桌刘华对她还是不冷不热。

事情还是怪她在妈妈的手机里，看到搞笑的视频，她第二天就把让自己笑疼腮帮的笑话说给大伙儿听。

她在大伙儿面前像说单口相声：“刘华最讨厌的明星是谁？”大家一时想不出来，只是你看看我，我看看你。她见大家说不上，怕冷场，就直接把答案公布了。“是刘德华。”于璐柳仰脖一笑。大家急着追问为什么。

她一下子眉毛跳起来：“刘华缺德呗！”

同学们笑着指着她的鼻尖，眼睛里全是敬佩、邪念、兴奋，仿佛她是世界上送笑话的大神。

旁边的刘华没有笑，而是拿起书本，重重地摔在桌子上，桌子上的钢笔，受到震动，跳起来，滚到桌下。刘华的一番抗议后，人群不欢而散。

从此，刘华不理睬于璐柳了。

于璐柳是个性格开朗的人，从她的脸上很难看出忧郁的痕迹。

丁零零，晨读课开始了，曾老师满面春风地走进教室。他把于璐柳叫出教室，在她面前嘀咕几句。同学们猜测是老师在批评她开玩笑过火，伤了刘华同学的自尊心。

过了一会儿，一个拿着话筒的美女姐姐，一个扛着摄像机的帅哥，走进同学们的视野，平静的教室一下子热闹起来，这阵势，不亚于外星人光顾地球村。

教室里，镜头对着于璐柳。

大家一下子议论纷纷。

“难道于璐柳把笑话开到了电视台？”“不至于吧！”“说不定是星探发现一名谐星，现场进行采访。”

曾老师清了清嗓子，教室里一下子安静了许多。

摄像头在教室里扫一下。刘华把头埋得很低，他不想露出被同学奚落的脸。

后来，老师跟着摄像头到了走廊，镜头对准曾老师，拿话筒的美女姐姐问，曾老师耐心地回答。有几个同学伸着脖子，想听听曾老师说些什么。可惜，教室里叽叽喳喳的声音，半个字也没有听到。

采访结束后，电视台记者、摄像师都走了，曾老师回到教室，把上课的事儿搁在脑后，扯起闲篇。

“我班于璐柳……”

刘华一下子坐直了身体，很想听听于璐柳被老师处罚。

“她的爸爸是残疾人，妈妈是哑巴，她从来没有抱怨生活，而是以乐观心态面对明天。爆料人把这一材料告诉了电视台，刚才，你们也看到了，电视台进行采访，准备发一篇报道。”

呼地一下！于璐柳再一次成了焦点，全班同学一下子看着此刻没有笑意的她。

刘华以最近的距离，后仰身体，遥望天空中星星一样，望着她。心里嘀咕着：原来如此！

一节课结束了。下课了，同学们围着于璐柳，于璐柳一下子没有了平时的笑容，而是趴在桌子上扯着廉价的笔袋。

她不希望自己的情况在同学们面前暴露无遗，她对“帮倒忙”的人，没有感激，只有少量的、足以排斥的怨，她要“捉拿”爆料人。

于璐柳踏着夕阳的余晖，走在回家的路上，没有在小巷里留下快乐的歌声。沉重的脚步声，在悠长的小巷里叹息般回响。

回到家，一间出租房里，妈妈在做饭，从来没有听到妈妈呼唤过她的乳名。

她把书包重重地甩在桌上，吓坏了正在偷吃的野猫。

妈妈用手语跟于璐柳交流，似乎要问她如此粗鲁的原因。

于璐柳一言不发。

新闻报道后，于璐柳没有她想象的那样，成为焦点人物。也许生活中这样的事情太多，也许记者没有挖掘到亮点，以至于新闻没有轰动效应。

因为新闻没有多大的新意，偶尔有几个电话打到学校转告对于璐柳的嘘寒问暖。

时间过去了半年，不冷不热的新闻报道效应基本上冷得如同无人问津的隔夜粥。一晃离毕业还有两个星期了。

一天早上，曾老师路过门卫，看到于璐柳的一封信，顺便揣在兜里，到了教室给了于璐柳，于璐柳非常惊讶，老师问她：“你知道谁给你寄的信吗？”

手在颤抖的于璐柳，一边撕开信口，一边回答老师的话：“不知道。”

于璐柳抽出一张纸，那是一张白色 A4 纸，上面写着：于璐柳同学你好，从电视台看到，你马上要上初中了，我愿意为你买一辆自行车方便上下学。我的电话……

没有署名，字体有点歪，像一颗颗从土里冒出的豆芽。

老师感动了，于璐柳惊讶了。

“同学们，人间自有真情在，好心人在帮助于璐柳，我代表于璐柳，向这位好心人表示感谢。”

教室里响起了热烈的掌声。曾老师回到教室，把于璐柳收到信的事儿说给大家听。

回到家的于璐柳，一直想着是谁在帮助她呢？

她用爸爸的手机，小心按着键，当按完最后一个键时，心跳得非常厉害，抿着嘴，怕心从嘴里蹦出来。

电话接通了，电话一头是一位中年大叔的口气，语气让于璐柳备感温暖。大叔约她到镇上一家大型超市。

于璐柳考虑自己上中学不能没有自行车，镇上的中学离她家比较远，放学回家，可以照顾哑巴妈妈干一些家务。于是，接受了大叔的帮助。

在超市门口，于璐柳与好心的叔叔相遇。叔叔把她领到卖自行车的地方，让她挑选一辆满意的款式。

于璐柳骑着心爱的自行车，像一只鸟儿般飞回家。

时间很快过去。今天是语文老师的一堂作文课，题目是《一张照片的故事》，老师要求大家带一张有故事可写的照片。

老师没来前，大家互相交换照片，看着照片，有人羡慕，有人分享快乐，有人仔细端详照片上摄影师的败笔。

一张照片传到于璐柳的手里，她，突然愣住了，好像找到了丢失多年的亲人。照片是父子俩在公园里一棵树下留念。照片的儿子，不是别人，是刘华，旁边是刘华的爸爸。是刘华十岁时候拍的。

“是你帮我。”

“自行车的事情是我爸爸……”

“没想到你还是那么大度，我们永远是朋友。”于璐柳把一个带着歉意的笑，留给刘华。

清晨的光芒把他们的影子拉得很长很长，就像长高长大的青春岁月。

# 妈妈心中的月亮

“再见！马肚皮，哦不，马月坡。”侃话大王向马肚皮挥挥手。

“明天见！大王。”马肚皮也摇摇手。

马肚皮从吉他培训班出来，钻进回家的公交车，与培训班上的侃话大王礼貌道别。

马肚皮隔着模糊的车玻璃，再一次挥挥手，也不知道会聊天的那一位，是否能看到他的举动。送走侃话大王，他倚靠车窗，数着窗外后退的大树：

“哆、来、咪、发、唆、拉……”当他数到第六棵时，车子靠近一小区建筑工地，挂在施工升降机上的一行标语让他心头一怔。

“高空作业！注……”

后面写的什么，马肚皮没有看清。一来车速快，二来马肚皮喜欢选择性看一下。

马肚皮做作业实在是不敢恭维，正如老师所言，某某同学做作业，简直是两匹马遇到两只老虎——马马虎虎。一次把自己的名字马月坡写散了架，被一位同学读成“马肚皮”。

结果，再没有人叫他马月坡了，隔壁班的侃话大王也知道了。

马肚皮的妈妈最近替他报了吉他培训班，希望他能通过学弹吉他，改变学习态度。

马肚皮对弹吉他兴趣不浓，其实，他对什么都不感兴趣。

“谁在高空里完成作业？在高空里完成作业是啥感觉？难题能变成简单的吗？”马肚皮随着车子的颠簸，脑袋一晃一晃的。

不一会儿，马肚皮到家了，他想到要完成培训班老师布置的作业：练习《烛光里的妈妈》半个小时。他调好琴音，弹了几下，总是弹不出老师教的效果。

嘶哑的声音让他内心烦躁不安。

他抱着吉他，像抱着炸药包，弹也不是，放下也不是。忽然，他心头一亮。想到在与侃话大王的聊天中，知道了侃话大王舅舅在井下作业，由于时间仓促，没有详细问井下作业是怎么回事儿。他估摸着：井下作业，黑灯瞎火的，还是放弃吧！在跟侃话大王聊天中，知道了侃话大王的表哥经常在野外作业，想到这里，他激动得抱着吉他就往外冲。

“臭小子，你要去哪里？”从外面散步回来的外公追着问。

“到郊区去……”马肚皮在前面跑，头也不回，扔下这半截话。

“是弹琴去吗？天快黑了，能看见什么呀！”刚从文化局退休的外公追不上了，站在原地直嚷嚷。

马肚皮走了几步，看看天色暗淡了，想想此时的野外黑咕隆咚与井下差不多，于是返身跟着外公回家了。

“我说坡坡，抱着吉他到郊区干吗？是怕噪音影响邻居？还是借着郊区环境，触景生情。”

马肚皮不语。

“我说，大外孙，是不是培训班老师今天教了《莫斯科郊外的晚上》，你想充分理解曲子的内涵？”

马肚皮不言。

马肚皮用一种特有的方式——沉默，拒绝回答外公的问东问西。

他把椅子搬到写字桌上，人爬到写字桌上，准备坐在桌子上的椅子上……

“我说坡坡，你这是干吗呀！不学吉他，改练杂技了吗？”在一旁的外公一脸疑惑。

“外公，你不懂，我这是高空完成吉他老师布置的作业，不要妨碍我的事情喽。”马肚皮终于发话了。

“没见过爬在高处完成作业的！”

“外公，带我到咱们这一栋楼的顶楼上去吧。”

“干吗！学不会，慢慢来！你可不要……”

“哎哟，你想到哪里去了！我是到高高的顶楼上练习弹吉他。”

“干吗非要到顶楼，等霓虹灯亮了，我带你到广场上去！”

“人家建筑工地上的升降机上不是有……”

“有什么呀！”

“有‘高空作业’这几个大字！”

“哦，我的傻小子，人家挂的标语是‘高空作业，注意安全！’提醒施工人员在作业……”

“对！对！作业。盖楼的叔叔在高空背古诗、写作文，完成一大堆作业。”马肚皮情绪激动，打断外公的话。

“哈哈，我的小祖宗，‘高空作业’中的‘作业’的意思是‘生产劳动’，跟你完成练习弹吉他作业的‘作业’是两码事。”

“我完成练习弹吉他的作业，这里的‘作业’是……”

“是老师布置给你们的功课。”

“那我的同学，他说他的舅舅在井下作业是怎么回事？”

“哦，那是你同学的舅舅在井下从事生产劳动，比如，在下水道清理淤泥呀。如果是煤矿工人，他们在井下作业，是指在井下挖煤。”

“同学的表哥是野战兵，他说他表哥经常把队伍拉到野外进行野外作业，原来是？”

“这一下，不要我提醒了，你应该知道的吧！你还是下来说。”

“我光顾着说话了。”马肚皮从桌子上下来拍拍胸脯说，“野外作业的‘作业’是一种军事活动，意思不错吧！”

“原来刚才你急匆匆往郊区跑，是准备在野外作业——弹吉他！真是荒唐！”外公在马肚皮的脑袋上轻轻敲了一下。

“啊，好疼！”马肚皮溜进厨房吃饭去了！

饭后，华灯绽放。马肚皮在外公的陪同下，来到热热闹闹的广场。起初，他不敢弹，怕别扭的琴声招来鄙夷的目光。

在外公的鼓励下，琴声从断断续续到优美的一小段，渐渐地，吸引了匆匆忙忙的脚步。

马肚皮爱上了弹吉他，音乐让他改变了许多，尤其学习不再马马虎虎了。

妈妈的生日那一天，马肚皮郑重宣布一件事："我不叫马肚皮了，叫马月坡，是月亮爬上山坡。"说完，抱着吉他弹起《烛光里的妈妈》。

妈妈听完一曲，把马月坡搂在怀里："孩子，你是妈妈心中的月亮！"

# 早该道歉

## 一

听姥姥说："白露身不露，寒露脚不露。"

离寒露还早一大截，音乐老师韩磊戴起了帽子。

那一天，我在街上的琴房里看看小提琴，准备攒钱买一把。离开琴房，亲眼所见，并非幻觉，韩老师从琴房隔壁一家服饰店出来，头上戴着一顶米格子贝雷帽。更让我惊讶的是，他就在出门一瞬间，居然摘掉帽子，然后又像掩盖一个弥天大谎一样，慌忙扣在光溜溜的头上。

就在天机不可泄露的黄金时间，我看到他的头一发而不可收。

我猜想，韩老师的头上是不是惹上头皮癣了？要不，不会对自己如此残忍。

回家后，我把这个事儿说给姥姥听，姥姥说："这个事情不好说，说不定是鬼剃头。"有这么邪乎吗？吓得我一夜不敢睡觉，一直抓住头发不松手。

第二天，我把这奇闻用一种特殊的方式告诉了同桌李笑笨。其实，他原名叫李笑笑，就因为他做事马马虎虎，一次笔误，把“笑”字，写成“笨”字，一失手成千古恨，成了大家的笑柄。他除了马虎大意，还有一个毛病，非改不可，作为要好的朋友，不能不问。

“李笑笨，我跟你玩一次猜猜谁对谁错的游戏，乐意吗？”我实施改变李笑笨的计划第一步。

李笑笨一笑，接受了挑战。我偷着乐。

“你今天早餐吃的是葱花烧饼，而且是自己烙的。对吗？”

李笑笨把书包撂下：“你小子，猜得真准，可以当诸葛亮了。”

“你右手撸葱皮，而且顺便掐根的。”我抓起他的手，嗅了嗅他的指头，“残留的葱味依然扑鼻，怎么样？没错吧！”

李笑笨嘴角一扬。

“今天，我们玩一次猜猜游戏，刚开始是彩排，不算，现在开始‘猜猜看’游戏，谁输了，做一件自己最不喜欢的事情，怎么样？你接受这游戏规则吗？”

“没问题！”李笑笨爽快地答应了。

我在心里呐喊：“又近了一步。”

“今天音乐老师会戴帽子来吗？”我实在找不到启发性的话题作铺垫。

“会呀！”李笑笨回答得很果断。

话音刚落，上课铃声响起。这一节是音乐课，我和李笑笨满怀期待。

韩老师步履匆匆地来了，在我们的目光里出现了。他，头戴着一顶帽子。

教室里骚动不安，似乎在上演一出森林动物狂欢舞。好奇，纳闷，好笑……在每一个同学的心里博弈着。

“怎么样，我一点儿不笨吧！不要老是抓住我的一次笔误，践踏我的智商！”李笑笨竖起大拇指，在自己的头上晃动，以表示自己聪明绝顶。

我傻眼了，李笑笨确实不笨，他采用逆向思维方式。

## 二

放学了，我一边替李笑笨倒垃圾，做自己很不情愿的事情惩罚自己，一边想：我的考题为什么不耐思考？

“你的问题里没有干扰思考的条件，再说，中秋刚到，有谁戴帽子呢？你不是明摆着，要我逆向思维吗？”李笑笨手插在裤袋里，抖着一条腿，神气活现地看着我替他打扫教室。

我的狼狈只有我清楚。李笑笨见我这副落魄的样子，倒是没有袖手旁观。

首局，一比零。

为了挽回败局，也为实施我的计划，看来只有下一招了。我心里暗暗想：在他糊涂的时候，叫他做一件最简单的事情，这样容易中招。

“李笑笑，今天来个三局两胜制，怎么样！”我第一次叫对他的名字也是有原因的。

李笑笨一心想知道韩老师为什么戴着帽子，想知道我是怎么知道这件事的，没有仔细考虑，就接招。

“木字多一撇，请猜一个字？”我眉飞色舞地说。

“那不是‘禾苗’的‘禾’吗？”李笑笨胸有成竹。

“你错啦！那是‘移动’的‘移’。今天教室的地，我帮你扫好了，垃圾还得劳驾你自己亲自倒。”我拎着书包，一溜烟似的逃啦，“目前一比一，胜负还有一局，下周见。”

李笑笨一直等待接招，我一直全方位地思考考题，一周在大家的煎熬中过去了。

## 三

又是周一，下午第一节课——音乐课。教室里安安静静，我看了一眼李娜娜，他在沉默中若有所思。

李笑笨对周一有敏感，始终保持高度戒备。

我近乎诡异地对李笑笨说：“今天的韩老师戴……”

“没戴帽子！”李笑笨改变套路。

“你确定吗？目前比分是一比一，猜错了，你可要……”我心里忐忑不安，又看了一眼李娜娜。

“确定！”李笑笨掷地有声。

李笑笨太大胆了，居然猜韩老师光着头进教室。

“笃笃笃”是韩老师的脚步声，我不敢抬头，李笑笨也是。

我抬眼一看，心如潮水，用钢笔帽捅了一下李笑笨。

韩老师一头乌发，自信满满走上讲台。

“今天这一节课，请大家欣赏《绒花》。”

“世上有朵美丽的花，那是青春吐芳华，铮铮硬骨绽花开，漓漓鲜血染红它……”

又到放学的时候，目前是二比一，我是胜者，我拍着李笑笨的肩膀，要他做一件他最不喜欢的事。

李娜娜背起书包离开教室，我目送她走到窗外。

李笑笨耍赖，我拽着他的衣领，一同追着韩老师。韩老师一路小跑进了宿舍。在窗户外，我们看到了韩老师一进宿舍，就把假发摘下，面对镜子痛哭着，眼泪扑簌簌地往下掉。

我们面面相觑，吐了舌头，紧锁眉头，悄然离开。

“你说没戴什么，他不是戴了假发吗？你输了。”我理直气壮道。

李笑笨说：“我说没戴帽子，也没有说戴假发！”

“看来，要你做一件你不喜欢的事情真难！”我气呼呼地说，“你把李娜娜的小提琴弄坏了，至今还没有赔偿，连道歉也没有！”

“哎呀，原来要我做这一件事，早说不就得了！何必绕那么多弯儿。”李笑笨羞涩一笑，“我拿不下架子！不是不肯！”

“这样吧！我说，你写。”我趁热打铁。

“李娜娜，你的小提琴是我弄坏的，害得你首届校园艺术节上，没能好好发挥，未能如愿拿到三独比赛冠军。我知道这次比赛，对你来说非常重要。我错了，实在不好意思，真的不是故意的……”

李笑笨在纸上写着，写着，突然把写好的纸揉成一团，扔进垃圾桶："我确实不是故意的，我才不道歉呢？"

## 四

一个秋阳暖心的中午，李娜娜走在校园里通往图书室的小路上，李笑笨碰见李娜娜，本想找一个理由匆匆忙忙离开，看到李娜娜微笑着边走边读一封皱巴巴的信。

"说一下不就得了，还干吗写一封信！"李娜娜扬了扬手中的信纸。

李笑笨走近一看，是那一张被他揉皱的信纸，留下他的……

我在不远处凉亭里看到眼前的一幕。

## 五

时光匆匆，又是一周来了。

周一下午第一节课，音乐课。我准备与李笑笨再一次博弈，猜猜这一节课是不是语文老师抢占。

语文老师来了，一进来就打招呼："这节课本来是音乐课，你们的韩老师，被《早该道歉》剧组看中，要扮演一个囚犯，所以请了一个月假，需要拍戏，所以……"

李笑笨自言自语："我也早该道歉了。"

## 外婆的青花瓷罐

毛毛上六年级，跟着外婆过。毛毛的爹妈走得早，他从小就跟着外婆一起生活。

天黑了，路灯昏暗，如同烤煳的南瓜饼。毛毛写完作业，习惯性地抬头看了一下门，期待外婆早点回家。

门，吱呀一声开了，气喘声、闯进来的风声，还有外婆撂下蔬菜的碰撞声，充满了毛毛的耳际，温暖着他懵懂的心。毛毛一个箭步，上前帮外婆卸下没有卖完的蔬菜，转身又咕噜咕噜地为外婆沏上一杯热茶。那咕噜咕噜的沏茶声像外婆的微笑，在屋子里荡漾开来，也在毛毛心底里荡漾开来。

冷清的屋子里不时地飘着“吱——呼——咚——”的声音，就像一支支优美的旋律，让毛毛的心底倏地升起对音乐的渴望。

晚饭后，外婆习惯性地走进她的房间，数着白天卖菜所挣到的钱。零钱揣在怀里，大票子放在黄手绢里，然后一层一层裹着，放进一个青花瓷罐子里。

听着屋内熟悉的“嗦嗦”声，远远地望着外婆熟悉的动作，门外的毛毛突然变得紧张起来，他伸手想推门进去，但在犹豫间又将手收了回来。

又到了订阅杂志的时间，同学们几乎每人都订了一份自己喜欢的杂志。毛毛最喜欢《琴童》了，可他没有钱。他想好了，今天等外婆回家，就跟外婆说。可望着外婆佝偻的背影，想着外婆早出晚归的辛苦，他忍住了，没有开口，迈出的步子又退了回来。

《琴童》太吸引毛毛了，里面有丰富的乐理知识，还有生动的音乐故事。毛毛从老师那里借过几次，每一次拿到《琴童》，他都爱不释手，如饥似渴地读着。

第二天一早，外婆又出门卖菜去了。锅里的粥还是热的，毛毛匆匆忙忙扒拉了几口，又停了下来。

今天是订杂志的最后一天了，毛毛不想错过。左思右想，毛毛还是推开了外婆房间的门，他的心跳到了嗓子眼儿。

在外婆床头的柜子里，毛毛轻松地找到了那只青花瓷罐子，还有那个裹得鼓鼓的小包。毛毛没有费什么力，打开罐子盖，拿出黄手绢裹着的小包，很利索地抽了一张，塞进了自己的书包里……

以后，每天外婆回来，毛毛除了忙着开门卸货，总会多看一眼外婆的表情。他想捕捉什么，他心里最清楚。

外婆的表情依然那样慈祥，淡淡的笑容总是挂在那如残花般的嘴角。

学校里要春游，外婆塞给他几块面包，还有几块钱。毛毛手里捏着钱，想说什么，可外婆一转身不见了，准是到邻居家串门去了。

毛毛轻车熟路，来到那个让他心跳加速的老地方，打开已经拧得不紧的青花瓷罐子，拿出小包，抽了一张，顺便带上几张小面额的。奇怪，毛毛的心跳不像以前那么快了！

趁中午春游自由活动的时间，在同学的陪同下，毛毛到公园对面的琴行，买了一把廉价的吉他。

毛毛做完作业，自己摸索着弹，尽管不圆润的琴声让桌下的小猫听了逃之夭夭，但冷清的屋子里一下子有了生气，叮叮咚咚的琴声满屋子跳动，充满了屋子里的每一个角落，跳到了窗外……

外婆问起吉他的事情，毛毛说是向同学借的。

后来的几天，他总是感觉外婆要问什么，不敢与外婆多交流。只要遇到钱方面的事情，毛毛就很快避开话题，用吉他琴弦上飘出的旋律，掩饰自己不安的内心。

学校的社团活动非常热闹，毛毛进了吉他班。

外婆依旧那样慈祥，淡淡的笑容总是挂在那如残花般的嘴角。可毛毛越来越觉得，外婆的笑容是苦涩的，这让他心里越发不安。

每天放学后，毛毛总是第一个箭步离开教室，穿梭在街道旁的垃圾桶之间，每一个捡到的瓶子都会令他充满幻想。他心里一直盘算着，用不了多久，就可以悄悄还上外婆的钱。

星期天中午，外婆应该回来煮饭的，可过了吃饭的时间，外婆还没有回来。毛毛又一次溜进外婆的房间，再一次打开那个青花瓷罐。毛毛的心，比原来跳得更厉害，不过，这种心跳的感觉和以前不一样。因为，那个青花瓷罐里的小包好像比原来鼓了，虽然只有一点点。

晚上，毛毛做了一梦，梦见自己捡到的瓶子又卖到了几块钱，自己把钱塞进青花瓷罐里的小包，小包越来越鼓，里面的红色纸币从没有裹紧的地方冒出来，一下子满屋子飞了起来，然后一张张飘落下来，砸在纤弱的琴丝上，发出美妙动听的声音。吵醒的小猫，伸了伸懒腰，继续在美妙的琴声里睡觉……

一天，吃完晚饭后，毛毛看见外婆用手按住胸口，毛毛心里咯噔一下，外婆生病了，没有钱，怎么能看好病？

毛毛不敢看那个心跳脸红的地方，他希望小包像梦里那样，赶快鼓起来。

过了几天，外婆又像往日一样，推着三轮车卖菜去了。

日子在平静中一天天划过。每天，毛毛放学回到家，做完作业，就赶去接外婆。回到家，外婆做饭，毛毛抱起吉他，对照《琴童》看着，弹着，滑音、装饰音、单指琶音、多指琶音、顺扫……一个个技巧在毛毛手中逐渐变得轻松、娴熟。昏黄的灯光下，悠悠的琴声充满了小屋，小猫趴在毛毛的脚下，悠闲地眯缝着双眼，屋里的每个角落都洋溢着温馨。外婆缓慢地移动着小步，一会儿忙这儿，一会儿忙那儿，脸上挂满了满足的笑容，偶尔用手按压几下胸口……

一晃几年过去，毛毛上高中了。

厨房里，毛毛煮饭，外婆择着菜。

“外婆，我在学校拿到奖学金了，以后你就不要卖菜了。”

“等你上了大学，外婆就不卖了。”

窗外传来收古董的吆喝声。外婆拿出青花瓷罐：“让收古董的人瞧瞧，这是古董吗？”

看到青花瓷罐，毛毛心里一阵莫名的慌乱。

“外婆，您还记得我小时候的事情吗？”

“那哪能忘呢？”

毛毛心头抽搐了一下，感觉酸酸的，像打翻了醋罐子。

“你知道我拿钱的事？”

“当然。”外婆头也不抬。

“知道？那您为什么不把那个青花瓷罐藏到另一个地方？”

“藏到别的地方，你还能找得到吗？”

毛毛一下愣在那里，热的油锅里，铲子上掉下一片小碎菜叶，刺啦一声，毛毛才缓过神来。

又过了几年，毛毛上大学了。毛毛一边用一把老的吉他到酒吧驻唱，一边刻苦学习，生活费不用犯愁了。

放暑假了，毛毛又领到了奖学金。

黄昏，毛毛走在大街上，心里盘算着，再在酒吧唱几天，领了工资，就回去看外婆，他要给外婆一个惊喜。

“晚风轻拂澎湖湾，白浪逐沙滩，没有椰林缀斜阳，只是一片海蓝蓝……”伴着微风，一阵悠扬的歌声飘进毛毛的耳朵，他循声走过去，街边，一个艺人正投入地弹着吉他，唱着《外婆的澎湖湾》。一种从未有过的莫名激动涌上毛毛的心头，他感觉那旋律在掏着自己的心窝，又痒又疼。

一夜无眠，第二天清早，毛毛就赶上了第一趟回去的班车。

小屋外，丛生的杂草让毛毛感到陌生，他急切地推开院门，找遍了院子，也没有找到外婆，那个青花瓷罐碎了一地……

邻居告诉他，一天上午，太阳高高挂起，却不见外婆家的院门打开，邻居推开门，见外婆安详地躺在床上，淡淡的笑容挂满了如残花般的嘴角……

“晚风轻拂澎湖湾，白浪逐沙滩……坐在门前的矮墙上一遍遍怀想……那是外婆拄着杖，将我手轻轻挽……”毛毛抱着吉他，靠着院子的矮墙，拨动琴弦，如泣如诉，歌声如云，一缕缕飘向天边……

# 牛牛家里的小纸条

牛牛妈妈特别爱清洁，总把家收拾得干干净净，一尘不染。她是公司的小领导，白天要忙公司里的活儿，晚上要忙着收拾家里，里里外外，累得腰酸背痛。为了让家人一起打扫卫生，她在一张纸上写上：搞好卫生，人人有责！然后贴在醒目处——门后面，就上班了。

星期天的早上，牛牛早早起床了，他想到一件事，答应豆豆一起去鲜花小镇看菊花展。当他穿好衣服，往口里塞了一块吐司面包，准备伸手拉门出去的时候，看到贴在门后的一张纸条。

“搞好卫生，人人有责！”牛牛一个字一个字地念着。他搔搔头皮心里想：妈妈的意思是，叫我打扫卫生，可是……

笃笃笃，有人敲门，牛牛打开门，矮墩墩胖乎乎的豆豆气喘吁吁地冲到牛牛鼻子底下。

“说好八点，现在快要九点了，干吗磨磨蹭蹭呢？”豆豆鼻子喷出的粗气，让牛牛感觉一股热浪烫着小脸蛋。

“哎呀，我妈不让我走，你看。”牛牛拉着豆豆的手，指着纸条说。

豆豆瞅了一眼说："小事一桩，拿笔来！"

牛牛拿来笔，豆豆肉乎乎的小手握着笔，在第一个"人"字上，画上一横。

"搞好卫生，大人有责！"两人一起念着，扑哧笑出声来。两人像一股橙色的风，溜出家门。

牛牛的爸爸是开出租的，上完了夜班，上午回家休息，看到门后的纸条：搞好卫生，大人有责！他一下子明白了，牛牛的妈妈要他干家务。

"开车太累了，干家务的活儿，还是让女人做。"牛牛爸爸拿起笔，在"大"字上添了一横。

牛牛的妈妈下班回到家，看到家里地没有拖，鞋子没有整理得整整齐齐，叫醒了正睡觉的牛牛爸爸。

牛牛的爸爸拽着牛牛妈妈的手，来到门背后："你看看，纸条上的字是你写的吧，上面写得清清楚楚！"

牛牛妈妈一看，傻了眼。

"搞好卫生，夫人有责！"牛牛妈妈读着。

牛牛的妈妈一边做家务，一边想：这肯定是爷儿俩干的事，看来不使点绝招，还治不了这两个懒鬼！

牛牛的妈妈考虑明天要出差，喂鱼的事情谁完成呢？

她想了一会儿，忽然，自己捂住嘴巴笑了起来，又在一张纸条上写下：鱼在游弋，勿忘投食。然后贴在鱼缸上。

出去疯了一天的牛牛傍晚回到家，看到贴在门后的纸条没了，歪着嘴一笑，佩服豆豆的聪明。

他轻手轻脚地到处看看，看到爸爸上班去了，妈妈接到电话出门了。牛牛累了一天，也早早休息了。

第二天早上，太阳把大把大把的阳光塞进牛牛的房间。牛牛起床后，准备写作业，忽然看到鱼缸上面有一张纸条，心想：是不是门后的纸条跑到这里来了呢？走近一看：鱼在游弋，勿忘投食。

牛牛不知道“弋”字是什么意思，刚要准备查字典，豆豆在楼下喊话：“牛牛，老师要我带口信，要我们消灭错别字小分队提前行动！你是队长，不可缺席呀！”

牛牛想，纸条肯定不是好差事，他想到豆豆一笔让他脱了身，快活一天，于是匆匆忙忙在“弋”字上画上一撇，为了让自己更放心地玩，在“勿”字上，也添一点。大功告成，牛牛匆匆忙忙下楼了。

牛牛的爸爸下班回家，看到鱼缸上的纸条，他想到孩子的妈妈除了上班，还要干家务，照顾爷俩，很辛苦。于是，看了一眼纸条，在鱼缸里扔了一把小刀，就匆匆忙忙离开，到卧室里睡觉去了，小金鱼被突如其来的刀吓得狂奔乱跳，越狱似的逃命，跳出鱼缸……

牛牛妈妈回家了，看到鱼缸外面的地面上躺着已经死去的两条红金鱼，河东狮吼：“牛牛他爸爸，不好啦，出鱼命了，你赔我金鱼！”

牛牛的爸爸睡得正香，听到狮子吼般的叫声，出什么命，一骨碌爬了起来。

“你赔我金鱼！”牛牛妈妈指着牛牛爸爸鼻子气呼呼地说。

一脸无辜的牛牛爸爸，指着鱼缸上的纸条说：“你看看，不是你叫我这样做的吗？”

牛牛的妈妈一看，愣在那里，自言自语道：“鱼在游戈，勿忘投食！”

“又是你捣的鬼！”牛牛妈妈抓起沙发垫子打牛牛的爸爸。

“是我干的，不要冤枉爸爸！”刚参加完社会实践活动的牛牛回到家，在门口听到家里的动静很大，匆忙开门扯着嗓子直嚷。

牛牛的妈妈爸爸互相看了一眼，妈妈对牛牛说：“牛牛，你知道你添了一笔后，‘戈’字是什么意思吗？”

牛牛摇摇头，连忙找了一本字典，翻开一看：戈，古代兵器，横刃……

“啊！呀！”牛牛既惊讶又觉得不好意思，“以后可不能随意添一笔了！不但闹出笑话，还会出人命，不，鱼命……”

“你添了一笔，结果我的金鱼被你爸爸虐待死了，他居然按照纸条上的意思，把削苹果的小刀扔进鱼缸里……”牛牛妈妈说着，爱怜地看着地上一动不动的小金鱼，咧着嘴，哭起来。

“走，儿子，我们一起干家务，让你妈妈休息休息！”爸爸愧疚地拉着牛牛的手干起家务。

泪水还没有流出的牛牛妈妈蹲在地上捡金鱼，看爷俩笨手笨脚地做家务的样子，抿着嘴笑了。

# 我的同桌是“雪莱”

那个冬天，一个雪花飞舞的日子，他来了。

刘老师拿她一双眼袋像漏斗一样的眼睛，就像水电工检查哪里漏水一样，神情专注，扫视了一下全班，然后目光落在了我的左边——一个空位子，对站在门口的一个衣冠不整的同学，努了努嘴，示意填补这个空缺。

刘老师刚要开口说什么，手机响个不停，安排好他，边接电话，边走了。

老师一走，教室里不安分了，几个调皮的围着他问东问西，有的问为何来到这里，有的问家住哪里，居然没有人问他叫什么。

他落座后，还没把凳子坐热，班长要在老师的点名册上写上他的名字，就直接问他叫什么。

“新来的，你叫什么？”

“他呀！”我看了一眼飘雪的窗外，像他的家长一样，怕他怯生，殷勤地抢先回答，“你看他，从大雪中而来！应该叫‘雪莱’。”

“对，我就叫薛莱！”他万分感激地看着我，“我估计你是蒙对了。”

“呵呵，我除了蒙，还有别的，我是看你竖着的衣领，一头乱发，就知道你的身份，你可是来头不小呀！英国的大诗人雪莱。”

“看来你也喜欢诗！”

哈哈哈！教室里一阵笑声，盖过“雪莱”怯生的声音，巡课的老师停下脚步，教室里顿时按下暂停键。

同学们眼睛里的“雪莱”也跟着大伙儿笑，笑意里既有苦涩，又有得意。他模仿雪莱的装扮，已经得到爱诗的人认可，可是他知道自己写诗的功底，还是停留在没有他人的赞叹之中。

在一个苦闷的日子里，一天考了四门。我推了一把同桌，说：“来一首，解解闷。”

“雪莱”捏了一下嗓子，开口朗诵一首即兴创作的诗：

啊！大海，全是水 / 大街，全是腿 / 教室里 / 个个累成鬼……

哈哈哈！呵呵呵！

“这是啥诗，简直是灰色童谣！”

“雪莱就是雪莱，薛莱就是薛莱。”

“哪有写诗的天赋，简直是对诗歌的亵渎。”

“雪莱”本想调侃，同时也是想展示自己，让大家彼此认识，早点融入班集体，没想到，同学们的反应让他难以接受。

我站起来，解释一下，想缓解尴尬的气氛，但效果很差。

他对着窗口发呆，似乎在想什么，一气之下，又关闭了刚打开的热情之窗。

“雪莱”反应异常，刘老师把我们几个叫进她的办公室。

走出办公室，我知道了“雪莱”来自山沟，三岁的时候，他跟着爸爸妈妈来到一个大城市，后来，爸爸妈妈离婚了，他随着爸爸来到现在的小城。爸爸还是重操旧业，他爱这份工作，是情感快递员，每天对着客户声情并茂地念情书，尤其是对女客户。妈妈接受不了，与他爸爸分道扬镳了。

离婚后的爸爸下班回到家，一有空，就找情诗练习感情。为了“雪莱”，为了生活。不得不从事这份让家人尴尬的工作。

“记得那一天，我借用你的车子，我弄坏了它，我以为你一定会杀了我的，但是，你没有……记得那一天，我在你的新地毯上吐了满地的草莓饼，我以为你一定会厌恶我，但是你没有……是的，有许多事情你都没有做，而你容忍我、钟爱我、保护我，有许多许多的事我要回报你，等你从越南回来，但是你没有。”

“雪莱”站在不远处听着，有时候，爸爸要他监督表情，什么笑容要得体，假笑要不能看出来，嘴巴张开程度，露齿只能看见牙齿三分之一……

久而久之，“雪莱”也爱诗，难怪爸爸给他取了像雪莱一样的名字。

“雪莱”初来乍到，受到如此奚落，火热的内心一下子掉进冰窟窿。

一天，他路过办公室，我和班长捧着一大摞本子，弯着腰，急匆匆走，怕半路上掉下。

“雪莱”装作没看见。

听老师说，他在原来的城市总爱帮助老师捧本子，有一次，他捧着沉甸甸的本子路过三年级教室门口时，看见两个三年级同学双方揪着对方头发不放，快要上课了，也没有松手的意思。他对那两个同学说："快点呀，帮助老哥一下，谁替我捧几本，我就奖励他棒棒糖。"

结果，两个同学都松手了。

"雪莱"人见人夸，他的初露诗意的俏皮诗，也很受大家喜欢。

那天放学路上，我与"雪莱"同路，从公交车上下来，刚想跨过马路，一场冬雨过后，忽然看见卖冬枣的大伯一车冬枣侧翻了，圆溜溜的冬枣滚到旁边的水洼里，我见了，一边弯腰捡枣，一边示意"雪莱"搭把手。"雪莱"竖了竖衣领，抛下一句"水湿了枣，枣却不识（湿）诗"，刺溜一下，走了。

我气不打一处来，就把"雪莱"袖手旁观的事，经过加工，告诉了同学们。同学们一致认为，插班的"诗人"薛莱，心胸狭隘，喜欢把别人对他的批评耿耿于怀。没人喜欢他，尤其他的诗。我把他爸爸职业是感情快递员的事儿也兜底了，看热闹的同学们捂嘴偷笑。

学校首届诗歌比赛，写诗拿手的他，居然没有拿到名次，连个鼓励奖也没有沾到边。

"雪莱"回到家，闷闷不乐。爸爸又在对着镜子练习。

"我爱你，就像你不爱我一样坚决。"

"雪莱"心里不爽，妈妈对他的爱已经凝结成冰，要是爸爸妈妈不离开，他可能还在原来的大城市生活，一切还是那么美好。

一切都被打碎。

"雪莱"抱怨妈妈爸爸，他把书包摔得旁边的猫都惊慌失措。

“我爱你——生活，就像你不爱我一样坚决。”爸爸知道空气异常，改了两个字。

突然间，他的泪喷涌，看着风里来雨里去的爸爸，欲言又止。

“这是一份来自十四岁孩子对妈妈的感情告白，明天是星期天，你是合适人选，要不，你替我……”

“我……我……”“雪莱”吞吞吐吐。

“地点在长亭路，你去最合适。就算帮老爸一次忙，我和你一起去。”爸爸近乎哀求。

第二天，第一个客户是爸爸完成的，内容是“放手”。接受感情快递的是失恋女孩，这是好朋友对她的感情劝慰。

“如果，不幸福，如果，不快乐，那就放手吧；如果，舍不得，放不下，那就痛苦吧。”

“雪莱”听了，似乎明白了什么。

父子俩走在路上，一条老街道，自来水爆裂，水漫一地。

一位漂亮的、年龄相仿的盲女孩要过水洼地，她怕弄湿鞋子，又不知道水的深浅，在水洼前犹豫不决。

爸爸示意“雪莱”上前帮一下。“雪莱”从爸爸的电瓶车上跳下来。

“小妹，想过去？”“雪莱”走上前，内心狂跳，以至于语无伦次。

“是的，来的时候这地方没有水，不知道，是一下子有了水，还是断了我的腿，回不了从前，我多么后悔！”

“雪莱”一听，好有哲理的一首诗。他毫不犹豫地背起女孩，蹚着水，小心翼翼地把她送到对面干燥的地方。

轻轻地放下女孩，对着远去的女孩，雪莱发呆：“近处是诗，远去的，总是很美！”

“雪莱，你应该学会放下！”爸爸说，“心宽，诗才远，心无尘，诗才纯。”

“雪莱”扬起笑脸，认认真真地说：“我已经放下了。”

来到长亭路。

爸爸从挎包里掏出一封信，当着客户的面，打开信封。爸爸抽出信，递给“雪莱”。

“我是情感快递员的儿子，名字叫‘薛莱’，可不是英国的那个诗人‘雪莱’，这封信由我读，希望客户能满意。”

“雪莱”清清嗓子：“母亲啊！天上的风雨来了，鸟儿躲到它的巢里；心中的风雨来了，我只躲到你的怀里。”

女客户听了，泪流满面，她一边抹泪一边说，她马上回去看孩子去。

夕阳西下，父子俩走在回家的路上。

“冬天已经到来，春天还会远吗？”

# 有问题的五官

刘熊从老师的办公室出来，不再习惯性摸摸自己的塌鼻子，而是一会儿摸耳朵，一会儿揉眼睛。

“怪了，大家都说我的鼻子是塌的，什么时候我的眼睛又有问题了呢？连耳朵也有问题？我怎么没有感觉呢？”刘熊一边走，一边自言自语。回到教室，帮助美丽的同桌女孩用积木垒梦幻城堡。

说话有点结巴的李吉吉看见刘熊说：“塌……塌……塌……”

“我说李吉吉，说话能不能好听一点儿，没看见我在垒城堡吗？”心情郁闷的刘熊，还没等李吉吉把话说完，就嚷嚷了。

李吉吉听说刘熊被老师批评心里不是滋味，不再计较刘熊笨嘴笨舌，而是主动在老师面前要求上门来辅导刘熊。

刘熊知道李吉吉的来意后，心怀歉意，把心里的委屈告诉了李吉吉。

“小作文里，我写了一句：‘星期天，我来到公园，看到了漂亮的花朵和悠扬的琴声。’老师说我眼睛、耳朵都有问题。”

“凭这一句话，我也确定你眼睛、耳朵有毛病。眼睛是可以看到花朵，但不可以看到琴声。能看到声音不是有毛病？你的耳朵也有毛病，老师说的一点儿没错。该是耳朵做的事情，耳朵没作用了，没准是聋了。”

“啊！我能清清楚楚看到你，你说话我听得清清楚楚，没什么问题呀！”刘熊一脸疑惑。

“看你多执拗，你写的话有毛病，是犯了逻辑错误！”李吉吉说，“如果以后不把这种句子改过来，老师还是会说你的眼睛有毛病，你的耳朵有毛病，说不定把你送到特殊学校去呢？”

“啊，那怎么改呢？”刘熊摸一下后脑勺。

“去掉连词‘和’，加上表示耳朵听的一个词语‘听到’，中间用逗号隔开，句子就没毛病了。”

“我来试试看。”刘熊一会儿把句子改好了高声读着，“星期天，我来到公园，看到了漂亮的花朵，听到了悠扬的琴声。”

“这就对啦！原来你的耳朵、眼睛都没问题，我赶快回去告诉老师。”

“还有一句：‘在树林里，我看到五彩缤纷的野花和诱人香味。’应该改成：‘在树林里，我看到五彩缤纷的野花，闻到诱人的香味。’”刘熊兴趣正浓趁热打铁。

“对！对！对！”李吉吉高兴得手舞足蹈。

“我赶快告诉老师，刘熊的眼睛、耳朵没问题，鼻子更没有任何问题。”李吉吉像被狼追赶的兔子，一溜烟儿地跑去告诉老师……

刘熊的眼睛、耳朵被同学李吉吉“治”好了，大家都说李吉吉的爸爸是五官科的医生，说不定她爸爸独授民间秘方。可是没过几天，刘熊的嘴巴又闹毛病了。

月考成绩不理想的刘熊，没有接受妈妈的批评，他认为失败是成功之母，胜败乃是兵家常事。可是妈妈的提醒没有错，“看题目要仔细，不要马马虎虎”。刘熊就是听不进去。妈妈一阵唠叨后，刘熊扔下一句“我的事情不要你管了”，随后夺门而出。

刘熊走在街上，夜色渐凉，漫步人群中，心如潮水。或许是夜的凉意浇熄心中的怒火，肚子里开始唱大戏了，疲惫的他，背靠一根电线杆，双手交叉摆在胸前，装作若无其事的样子。汽车的灯光一会儿照来，一会儿走远。他不想让人看到自己离家出走落魄的样子。

背，渐渐下滑，人，蜷缩在电线杆根部，任凭饥饿、凉意肆虐自己的心。已经一个小时了，他不想回去。因为他说过，他的事情不要妈妈管了，既然说出口了，男子汉一言既出，驷马难追。

夜已浓，喧嚣退却，留给大街的是空寂。

街上摆摊的人们开始收摊，卖面条的摊位离电线杆不远。

刘熊微微闭着眼睛，想着自己为什么考得这么差，埋怨妈妈没有给他生个聪明的大脑、灵敏的鼻子、敏锐的眼睛，还有说话不伤及无辜的嘴巴。

“孩子，跟家人赌气了吧！”

香味先入鼻子，亲切的话语再入耳朵。刘熊猛地一震，坐直了身体。

他打量着眼前端着碗热气腾腾面条的大婶，用善意的沉默回复了大婶的提问。

“吃了这碗面，再告诉我为什么不回家？”大婶笑盈盈的，笑着撒了一大把青葱，让他的鼻子有点儿“酸”。

青葱味，那是刘熊最喜欢的味道。他接过面碗，狼吞虎咽。

“看到你，就像看到自己的孩子，当妈的，哪一个不疼自己身上掉下来的肉！”

“妈，我来帮你收摊！”大婶背后传来一句。一个比刘熊高半头的小男孩在橘色路灯下忙碌着。

大婶回头：“作业做完了，就早点儿休息，以后不要来我这里浪费时间，孩子，你的学习比我的摊子重要，妈妈指望你以后有出息呢。”

“谢谢大婶！谢谢大婶！”刘熊抹一下嘴巴。

“谢什么呀，你妈妈不知道为你做了多少碗面条，你却没一句谢谢，而我这位陌生的大婶给你煮了一碗面，你却过意不去，回去给生你的妈妈说一句对不起。长大的男孩子就是嘴巴笨，不会对大人说句好话。”大婶笑着，准备把笨重的煤气罐搬到车上，小男孩眼疾手快，一把接过妈妈手里的活儿。

刘熊迈开腿，走在回家的路上，回头一望，看到大婶与她的孩子在路灯下远去的背影。

一路上，刘熊想象着进门的过程，是大门紧闭呢？还是门虚掩着？

他三步并作两步赶回家，到了家门口，看到门是紧闭的，一阵失望袭来。正当他心灰意冷时，看到门口的鞋柜上有一张纸条，上面写着：门的备用钥匙在我们都知道的地方，进门后，打开家里的灯，我在外面找你，只要看到家里亮了，我就放心了。

刘熊急忙打开门，打开灯，心里一下子亮堂堂的，看到了桌上做好的饭菜，他哽咽了。

他站在镜子前，仔仔细细看了一下自己，没发现自己的五官有任何缺陷，但发现一个惊人的秘密……嘴唇上有了密密麻麻的小黑点。

# 世界上的两处留言

## 一

“常林，星期天你打算睡到什么时候起床？”

常林的妈妈站在他的床边唠唠叨叨。

“妈妈，我头疼，又感冒了！”常林有气无力地回答。

“你呀，还是去你舅舅那里，叫他把你的身子骨调硬朗一点儿。这样下去，你要成了我家林黛玉了。”

妈妈的前一句，让常林吓得在被窝里直打哆嗦，后一句让他无地自容。

常林的舅舅是魔鬼训练营的教练，舅舅几次要把常林带到身边进行体能训练，常林就是不肯。

这一下，妈妈下了决心，连忙打电话给常林的舅舅。常林的舅舅接到电话，开车把很不情愿的常林带走。还好，上车的时候，妈妈给了他一部手机。妈妈的意思是常林可以随时与她联系，把训练的苦与乐跟妈妈一起分享。

可常林坐在舅舅的越野车里，马上登录自己的QQ，连忙发信息给土豆搬救兵：“土豆，我被挟持，赶快救援！”

信息发出一阵子了，土豆没有回复。

“这个的土豆，是不是陪牛肉去了，这么长时间了也不回复！哼，气死我了！”

一路上，常林满腹牢骚，车子晃悠晃悠来到目的地——“两极世界”。

“两极世界”励志训练营地是一个大老板投资的，听舅舅说，老板的儿子从小患有小儿麻痹症，体弱多病，办这个营地，就是让更多身体虚弱的孩子，能拥有健康的体魄和百折不挠的意志。

## 二

下了车，看到不光有腿脚不方便来这里锻炼的，还有大部分像他一样，有林黛玉一样体质的人，被大人硬生生拉到这里。

刚走进超级室内励志训练营地，常林就被眼前的一幕幕惊呆了，几乎每个项目都有人在训练。突然，他的手机来了一条短信：“常林，你在哪里？方便告诉我吗？我要把你的详细地址告诉警察！”

“常林，开始训练了，畏畏缩缩的，一律加罚！”舅舅发号施令。

“我在极乐世界！”常林怕舅舅发现，一激动打错字了，把“两极世界”打成“极乐世界”。

“两极世界”励志训练营地，一边是热浪袭人的人工沙漠，一边是寒冷刺骨的人造冰山。

开始在冰山上进行训练科目了。

舅舅给了常林一件加厚的羽绒服，命令常林穿上，并在常林膝盖处亲自扎好护膝，用鼓励的眼神，目送常林一步一步往山顶爬。

常林哪里情愿呀！他的手机被舅舅暂时“保管”，土豆救援就没指望了！

常林想：我在半山腰蹲上一阵子，躲避寒冷，然后下山，神不知鬼不觉。说干就干，他爬过一块石头，发现大石头背后可以避寒，就在那里跷起二郎腿。

时间过去许久，常林估计差不多了，他连忙下山。

常林站在舅舅眼前，准备领赏。舅舅却怒目圆睁，从口袋里掏出他的手机，轻轻一抹屏幕，一条登山线路图出现在常林的眼前。他指着一半红线、一半绿线的线路图说：“你还有一半没有完成。红线部分就是你要完成的。”

原来舅舅在他的手机里安装了监控的软件。

常林听说要继续完成，几乎瘫倒在地。

## 三

土豆看到信息后，左思右想：这绑匪，真是笨到家了，不没收人质的通信工具。事不宜迟，土豆还是报了警。

聪明的警察听到“世界”二字，似乎明白了什么。驱车向“两极世界”奔来。

常林舅舅看着常林不想完成任务，想到常林耍小聪明，非常生气，恨铁不成钢，拧了一下他的耳朵，疼得常林嗷嗷大叫。

常林捂着耳朵，一步一步向山顶出发。

常林完成爬山任务后，来到热浪滚滚的沙漠区，他脱掉鞋子，在沙漠上写下：“舅舅打我了！”

舅舅看了看一行歪歪扭扭的“舅舅打我了”这几个字，挠了挠头，苦涩一笑。

拿出手机，准备把沙漠上那几个字拍下来，告诉常林的妈妈——常林真会记仇。

一位蓝衣少年在沙漠上追逐嬉戏，很快地，所有字都消失得干干净净。

警察带着土豆在“两极世界”外围调查，打算不打草惊蛇。

## 四

开始在热地沙漠上进行训练了。常林和舅舅每人只能带一壶水，穿越滚烫沙漠“死亡线”。

常林深一脚浅一脚地挪步，舅舅为防止常林作弊，紧跟其后。热浪袭来，渴得只想喝水，常林一仰脖子，就把一壶水喝得差不多了。过了一半旅程，大汗淋漓，嘴巴干得要冒烟。打开壶盖举起水壶，发现只有几滴水。

常林一下子傻了眼，正当他眼冒金星的时候，一只大手拍了一下他已经开始发硬变宽的肩膀。常林一回头，看到了不知道啥时候跟在身后的舅舅。

舅舅拿着水壶摇了摇，水壶里还有一半水，示意常林收下。常林舔了一下嘴唇，仰起脖子，不想让舅舅看到他狼狈的样子，他要证明自己能闯过这一关。

他咽下一口水，凸起的喉结像鱼鹰脖子里挣扎的鱼，上下乱动。他摇摇晃晃迈开大步。

舅舅一个箭步上前，拉着常林的手，把水壶塞到他冒汗的手里。常林看看水壶，水清澈如许，别说一壶，就是给一个池塘，说不定都能喝下。常林看着舅舅干裂的嘴唇，不肯喝下一小口。

舅舅又抬起手，在常林的屁股上打一下：“臭小子，不算你作弊。”

常林感觉一下子回到了童年，被舅舅打一下是那么幸福。他带着水壶，似乎还有什么，一鼓作气，胜利完成热地沙漠训练科目。

他带着一把刀，急匆匆跑到冰山上，在一块石头上，刻下：“舅舅打我了！”

舅舅不解地问：“两次打你，为什么不刻在同一个地方？刻在石头上，那是要罚款的。”

“刻在沙漠上的，风一吹，就会抹平一切，那样我永远不会记住；刻在石头上的，无论经历怎样的风雨都不会消失，我永远也不会忘记这一切！”常林仰着头，认认真真地说。

“舅舅理解你的意思，可是，景区、公共设施都不可以涂鸦乱刻！”

一席话，说得常林知道错了：“好在不是文物，那块石头，舅舅，你明天帮我换一块。这样老板就不会罚款了。”

常林从那块石头下来的时候，由于已进行了两项体能训练，体力不支，刚到舅舅身边，身子就歪倒在舅舅怀里。舅舅怕常林手里的刀伤了他，一把接过刻字的刀，顺手搂住常林。

“不许动！”“不许动！”几位警察带着土豆冲进来。舅舅回头一看，警察说时迟那时快，一把夺下舅舅手里的刀，一把按住人高马大的舅舅。舅舅毕竟是体能训练的教练，八块肌肉突突突地跳动。

“干吗干吗！”舅舅满腹狐疑。

“有人举报你挟持人质！”一位警察说。

“哎哟，误会了！误会了！”土豆对警察叔叔说，“这是他舅舅！”

“我是在体能训练，刚才一幕是巧合！你们想到哪儿去了。”常林走到警察叔叔跟前露出白皙的胳膊，硬挤出一点儿肌肉。

警察叔叔一下子明白了。

人群散了，土豆在常林胸前捶了一下：“你发的啥信息，吓得我不能不报警！”

舅舅摸着常林的头，刮了一下土豆肉乎乎的鼻子，笑了。

# 名表失窃案

## 手表不见了

盛夏的阳光火辣辣的，放暑假了，江舟小学的陈尔斯趴在书桌上百般无聊，“陈尔斯”并非他的本名，是他崇拜福尔摩斯自己改的。

“儿子啊，把这篮水果拎到你舅舅家。”妈妈从厨房里探出头来，“不要总是闷在房间里，也出去和朋友玩玩。”

“这么大热的天，我哪儿也不想去。”陈尔斯提起水果篮，慢吞吞地朝舅舅家走去，“唉，我一个堂堂的大侦探，居然被派去送水果……”舅舅家不远，就在小区里面，拐一个弯就到了。

陈尔斯边叹息边推门：“舅舅，妈妈让我来送……这是……”陈尔斯刚踏进门，一眼看到表姐坐在那里，抹着泪水，一言不发。

“这是怎么了？”陈尔斯望着愁眉苦脸的一家人，“房间里怎么这么乱？遭贼了？”

“家里……家里的手表被偷了，是……是劳力士……”表姐抽抽搭搭地说。陈尔斯望着满地乱糟糟的东西，先掏出手机拍完照片，才说：“表姐，你的手表放在哪里的？有哪些人知道你有一块劳力士？”

“这手表我不常戴，只有我爸爸酒店里的小马看到过我戴，其他人都不知道我有这块手表。”陈尔斯的表姐从失窃的痛苦中缓过来，“我已经报案了。”

“哪个小马？是不是那个服务生小马？”陈尔斯想起来上个星期在酒店玩，陈尔斯替小马为表姐送过一碗三鲜汤。

“嗯，他中午给我送吃的。”表姐说完，抬头凝望窗外的天空，她渴望外出的爸爸早点回来。

陈尔斯的舅舅在镇上开了一家酒店，生意红火，因他最近去广州学习酒店管理知识，酒店里的事情统统交给小赵了。表姐小时候落下了腿疾，走路不方便，所以需要待在家里。大舅对表姐特别疼爱，一边起早贪黑经营酒店，一边细致入微地照顾女儿。经常叫大厨特意做好美味的饭菜，由酒店里的小马送到她手里。

## 锁定嫌疑人

中午的汤是小马送的，小马是最大的嫌疑人。陈尔斯心想：哼，敢在大侦探的舅舅家作案，简直是自投罗网，你跑不了啦！

陈尔斯快步来到舅舅酒店的配菜工作间，看到小马正漫不经心地整理食材。为了不打草惊蛇，陈尔斯决定在暗处观察小马的一举一动。

说起小马，他有个孪生兄弟，虽然长得像，可是，一个学习成绩优秀，在读大学，一个初中毕业游手好闲。陈尔斯把小马招呼出来，随即如同饿狼扑食，死死地揪住小马衣领不放。

“快说，是不是你偷了我表姐的名表。”陈尔斯摘掉墨镜，指着小马的鼻尖问，完全不顾大侦探的形象。

“什么呀？”小马一头雾水，挣脱一下说，“冤枉好人，小心揍你！”

“我表姐今天中午丢了块手表。劳力士的！今天中午，只有你到过现场，你要抵赖，死路一条！”高出陈尔斯一大截的小马挣脱了陈尔斯的手：“你别乱说，我今天，我今天……”

小马语无伦次，随后摆摆手，拿起旁边桌上的可乐瓶摇了摇说：“我哪有时间偷东西啊？今天，我喝了这瓶饮料，发觉不对劲，肚子又疼又泻，后来睡了一会儿，给你表姐送菜的事情就被耽搁了。”

“那……那我表姐说是你送的，难不成有人中途调包，冒名代替你？他潜入表姐的房间，看到名表，就顺手牵羊了？”

## 节外生枝

“这人是谁呢？酒店里人人都有机会接触我，但知道老板别墅的人可不多。”

小马在屋里一边转悠着，一边自言自语。

“冷菜间的小赵！他知道老板的住处，说不定是他干的！”小马有点儿喜出望外。

“我表姐腿不好，可是，眼睛没有问题。”陈尔斯对小马说，

“不要转移我们的注意力了。”

小马愣在屋里，然后一拍大腿，脱下工作服，趁陈尔斯大意的时候，一转身不见了。

接到报案的警察，从陈尔斯舅舅家一路追到酒店。

“怎么样，有头绪吗？”赶来的小刘警察问陈尔斯，却发现小马已经逃跑了。

“狡猾的狐狸想玩‘金蝉脱壳’，没门！”陈尔斯气得脸上的肌肉扭成了大麻花。

“小侦探，你到嫌疑人的宿舍里查看，看看有没有你表姐失窃的名表，有的话，赃货在，再加上你事先拍下的指纹照片，他想赖都很难。我们这路人马去追，看他往哪里跑！”

惊魂未定的小马脱身来到酒店顶楼上，拼命拨打手机。过了一会儿，110 指挥中心接到投案自首的电话。

可是，陈尔斯找了半天也没有在小马的宿舍里找到任何有价值的线索。

社区派出所里，一位年轻人站在民警面前，交代了事情的经过。陈尔斯推着表姐的轮椅，到派出所指认嫌疑人。

“就是他，中午送饭的时候，把我的手表偷走了，哼，可恶的小偷。”陈尔斯的表姐一看到眼前的小马，气不打一处来。

## 迷雾重重

正当小马在录口供的纸上签字时，有一位长得和小马一模一样的“小马”，冲到所长面前：“所长，都是我的错，不是我哥哥干的。”

所长和在场的人面面相觑，都愣了。

原来，小马的孪生弟弟好逸恶劳，整天东游西逛，打游戏。花光了钱，就向哥哥要。他看到哥哥为酒店老板的女儿送饭，能进出豪宅，于是，想到发财的办法。

他利用机会，狠心让哥哥喝了他准备的饮料，趁哥哥入睡的时候，端走了哥哥准备要送的三鲜汤，冒充哥哥去送饭。

就这样，第一次入豪宅，没想到很快就搞到一块名表。小马的弟弟把名表收入囊中后，逃之夭夭。

小马猜到是自己的弟弟干的，于是拼命联系弟弟，在联系不到的情况下，竟然决定替弟弟顶罪……

“所长伯伯，我想把犯罪嫌疑人的指纹带回家，与我在现场拍到指纹比对一下。”陈尔斯说。所长同意了。

到家后，陈尔斯进行指纹比对，结果让小侦探惊呼，他连忙把结果告诉所长：投案自首的不是犯罪嫌疑人，指纹没有吻合。

## 真相大白

所长接到陈尔斯的电话，在电话里直夸陈尔斯聪明过人。其实，所长早已怀疑自首人了，在录口供时，把手表的款式都说错了，漏洞百出。

到底是谁偷了名表后，还让小马的弟弟冒名顶替，掩盖真相？所长鼓励陈尔斯继续侦破。争取把犯罪嫌疑人早日捉拿归案。

陈尔斯把怀疑目光死死锁住酒店的小赵，陈尔斯故意戴了和表姐一样款式的手表，这块手表是舅舅买的，他感觉款式有点女性化，这才一直没有戴。

陈尔斯找到小赵，小赵瞟了一眼他的手腕，瞳孔瞬间放大。陈尔斯把小赵摸过的茶杯上的指纹录下，回家后进行比对，果然是他！

陈尔斯连忙打电话给所长："所长，我大胆猜测，事情可能是这样的。小赵趁送菜的机会偷了手表，回到酒店时发现小马的弟弟正在我舅舅办公室里实施盗窃。小赵怕东窗事发，为了掩盖事实，就叫小马的弟弟把他没有送到的汤，再送一次。小马的弟弟，怕别人知道他的盗窃行为，一口答应替小赵送汤。这样，我表姐看到小马的弟弟送汤来了，由于长得太像，就误将小马弟弟当作小马，所以一口咬定是小马干的。小马弟弟知道连累了哥哥后，良心发现，主动'自首'。"

"说的有道理，不愧为小福尔摩斯。马上到你舅舅酒店去，实施抓捕。"警车呼啸，一会儿就到了酒店，此刻，小赵正准备逃跑，被赶来的警察一举抓获。在场的警察叔叔都向陈尔斯竖起了大拇指。

# 青蛙的星期天

## 一

我，鼓鼓的眼睛，大大的嘴巴，一开口来叽里呱啦。

我在妈妈肚子里的时候，爸爸在妈妈圆鼓鼓的肚子上，画了一片大荷叶。妈妈问爸爸为什么要画荷叶呢？爸爸说："荷叶下，躲着一只小青蛙，希望生下的是青蛙王子。"结果，遂了爸爸的心愿。生下我后，妈妈瞅着我的模样说："真像一只小青蛙！"

姥姥开始不同意，说什么，青蛙整天叫呱呱，烦人。她偷偷替我算命，算命先生说我五行缺土，起名字要带"土"，否则多灾多难。看我起了青蛙的名字，问算命先生，算命先生一掐指头，连声说："好，好，好！"

就这样，一家人都叫我青蛙。

"池塘里，荷叶下，我是一只小青蛙，其他毛病倒没有，就是作文老拖拉。"

星期六，我特别高兴，一高兴就哼唱自己编的歌曲，打发时间。爸爸出差在外，妈妈最近身体老是闹情绪。一到周末，姥姥把我接到舅舅家，监督我做作业。

姥姥一进门就嚷嚷：“青蛙，看见我丫头了吗？”

“我扔进垃圾桶了！”忙着拆变形金刚的我头也不抬。

“啊！怎么这样呢？”

“有味道了呗！”

“有味道？难道你妈不洗澡吗？池塘里难道没有水？哦，不，浴池里放不出水？……我说的丫头，是你妈妈。”

“哦哦，我还以为是鸭子的鸭头呢？我妈呀，这会儿在厨房里洗枣呢？”

“在厨房里洗澡？你妈是不是毛病加重了，厨房里怎么可以洗澡呢？”

“我妈在厨房洗了红枣，不是洗澡淋浴。姥姥，你开始糊涂啦！”我说得清清楚楚，语言表达没问题，老师马上要夸我作文有进步了。

姥姥来是要领我到她家住上两天。

母命难违，收拾行李，跟着姥姥一蹦一跳地走了。好在舅舅特别喜欢我，我一来，舅舅守监控的活儿就落在我头上了。说什么，青蛙眼睛就是对移动物体特别敏感，不过，舅舅答应我，酒店的菜谱里，不允许有“红烧美女腿”，干锅牛蛙也不可以。

我倒也喜欢这份清闲的差事，守住一台监控屏幕，看看顾客有没有吃饭不付钱的；有没有小偷趁机偷顾客的钱包；特别是要看看有没有想吃白食，故意往菜里放虫子的。

其实是可以偷闲的，我不认为人心这么坏。

大多数时间里，我一边构思作文，一边做青蛙的头饰，根本没有时间盯着屏幕。头饰做完，戴在头上，用屏幕当镜子，偷瞄了一下屏幕。不看不要紧，一看就有问题了。我看到7号桌一位阿姨吃完饭，起身就走，把包包落在椅子上了。

我，一只青蛙，从位置上一跃而起，从楼上冲到7号桌，拎着镶着金边的包包追到门外。

“阿……姨，你的包……”我气喘吁吁，闷雨前的青蛙就是这样断断续续。我把包包给了阿姨。阿姨非常感动，她从包里拿出一张百元大钞，作为奖励。我摆摆手，返身走了。

## 二

转眼又到周末。

舅舅酒店大堂墙壁上，多了一面锦旗，一问舅舅，才知道是丢包的阿姨送给舅舅家的。锦旗上面写着：拾金不昧，人品比酒浓。接下来的日子，舅舅家酒店的生意越来越好。舅舅对我更是疼爱有加。

“青蛙，帮我做件事，把这份送给那个……”舅舅一边说，一边从口袋里掏出一张纸，“做事要手脚麻利。时间就是金钱，你们老师说过吧！”

我瞪眼一看，上面写着地址：松龄巷99号。

我挠着后脑勺，笑嘻嘻的。

舅舅明白了，说：“松龄巷就在我们酒店南面，沿着一条马路往西拐，就到了。”

舅舅撂下非去不可的眼神，匆匆忙忙去忙活别的事了。

我这只青蛙，被赶鸭子上架了。拎着舅舅已经采取保温措施的一份快餐，急匆匆上路。

七弯八拐，还没有找到舅舅指定的地方。眼看要过了午饭的时间了。

一位外卖小哥从我眼前匆匆走过，我想请他帮忙，这些外卖小哥靠着手机定位，很快就能找到。可是还没等我开口，外卖小哥消失在一家店里。

一位貌似来找地方的婶婶，在巷子口徘徊。

又一位外卖小哥粗粗看一眼巷子牌子，头也不回地走了。

怎么办呢？我开始后悔来舅舅家，责怪爸爸妈妈不陪我过周末。

我如同掉进大水缸，奋力却总是跳不出没有水的缸。迷茫时，一位阿姨引起我的注意，准确地说，是那个挎着镶着金边的包的阿姨，让我仿佛看到了曙光。

"阿姨，你好！松龄巷怎么走？"我追出巷子口，急切地问。

阿姨一回头，呆了。

"咦，你是私人厨房酒店那个还包的小男孩！"阿姨一脸惊喜，"我带你去吧！"

"不，我不是小男孩，我是小青蛙。你只要告诉我，怎么走，我可以找到的。"

"就在那幢楼后面，有一条老巷子，都是一些老年人居住的。你去吧，你是懂事的孩子，哦，不，你是一只懂事的小青蛙。阿姨相信你能找到。"

## 三

我拎着一份快餐，开始寻找松龄巷 99 号。

正当往前挪步时，一位醉醺醺的大伯拦住了我的去路，摇摇晃晃，似乎是一堵要倒塌的墙。我吓得两腿发软，不敢迈半步。醉汉要倒下了，我毫不犹豫地做出上前扶住的姿势。

一只大黄狗冲着醉汉狂吠，醉汉又挺直身子，踉踉跄跄地走了。

大黄狗似乎在赶醉汉。

我瞅着大黄狗，心存感激。只怪自己没有多带一份，此刻真想给它一份有鸡腿的饭，作为奖励。

我上前蹲下身子，轻轻地摸了一下大黄狗的头。

事不宜迟，我得赶紧走，一定要把今天的任务不折不扣地完成。

我连走带跑，抬头一看，巷子到了。

“松齿巷？”我一头雾水，拿出舅舅给我的纸条，上面明明写着“松龄巷”。

“也许就是‘松齿巷’吧。”听刚才的阿姨说，巷子里住的多是一些老年人，他们的牙齿都是松动的，这就是老祖宗之所以起了这么一个富有特色的名字的缘由吧。我想。

“要不，还是回去问问舅舅吧。”我开始纠结了。

我急得团团转。想回去问问舅舅到底是哪条巷子，可是，一来一回，耽搁了时间，客户会给差评，而且还要挨舅舅数落。

我踮起脚尖，忽然心头一亮，看到长着青苔小巷墙壁上，标明巷子名称的牌子，是一块铁皮的，上面用白油漆书写着巷子的名称。

原来是“龄”字半边油漆掉了，少了一个“令”。我倒吸了一口凉气，连忙拎着快餐找到99号。

开门的是一位与我差不多大的小姑娘。

“对不起，来晚了。”我一脸歉意，以求得对方的谅解。

“没关系，太奶奶说，这个巷子不好找，别怪人家。”小姑娘落落大方地说，“太奶奶说，私人厨房烧的菜真好吃。”

“你能帮我一个忙吗？不要给差评。以后，我会经常给这个巷子的老奶奶老爷爷送吃的。”

“不会差评的。”小姑娘说。

“谢谢，一会儿见！”我火速赶回舅舅的酒店。

舅舅看到完成任务的我，说：“祝贺你出色完成任务，舅舅要奖励你，你说吧，要什么？”

“要钱！”我很果断。

舅舅也不食言，给了我一张。我直奔超市。

“少买一点儿膨化食品。”舅舅在我背影后嚷嚷道。

一会儿，我又回到小巷。

“你要小心点儿，爬这么高有危险。”松龄巷的女孩扶着板凳。

我站在板凳上，一手拿着毛笔，一手拿着白色小油漆桶，工工整整地把“龄”字半边的“令”字补上。

在巷子口转悠的人看到了，立刻竖起大拇指。

后来，我把这件事写成一篇作文。

老师夸我：“你的作文顶呱呱。”

# 唐多多点子多

李二白做梦也没想到，语文老师唐多多讲起数学来，一改常态，往日的文绉绉的语言没有了，近乎温柔的肢体语言也消失了，连隆起的啤酒肚，也不再柔情似水，像坚固的盾牌护着九曲十八弯的肠子。唐老师站在黑板前，多了数学老师的几分洒脱与干练。

说起唐多多，其实，他叫唐亦才，唐多多是同学们给他取的。同学们根据唐老师脂肪多，白发多，肢体语言多，最要命的是点子多，经常变换题型烤煳了同学们，综合以上因素，取了个大家都能接受而且乐意传开的名字。

一切都是那么新鲜，一切又是那么好奇。

“一斤棉花和一斤铁，哪个重？”唐多多老师几乎没有启发的过程，走进教室，开门见山，劈头盖脸就问一脸茫然与好奇的同学。

“铁重。”大部分同学也特别讲义气，直接给答案。

唐多多拿小眼睛狠狠地瞪了一下说“铁重”的家伙。

“一样重！”沉闷的声音如滚地雷，把教室里的墙差一点儿震出几条裂缝。

“思维定式！回答问题不要信口开河，不经过大脑过滤的答案，要出幺蛾子的！”

李二白低头在桌子上一边乱画一边想：唐多多老师今天怎么啦！放下好好的古诗“泉眼无声惜细流，树阴照水爱晴柔”不讲，偏讲与语文无干系的什么物体的重量，真是男人要么不可怕，可怕的是更年期提前到来了。

“在什么情况下，三加四等于一？”

“在什么情况下等于一呢？”“在什么情况下等于一呢？”大家面面相觑，教室里到处是互相询问答案的声音。

杜悠悠唰地举手了，大家目光都聚集到他的脸上，期待他一下子答对，免得老师慢性折磨人。

“李二白，你回答。”唐多多老师就是这样，该问的不问，不该问的，却偏要问，存心让李二白难堪，谁叫李二白上课经常在另一个星球斗地主呢？

李二白站了起来，脸红得像被开水烫得不生不熟的猪肝。

他用茫然的眼神四处寻求答案，当然是现成货。

同学们有的闭嘴摇头，意思是无能为力，有的打哑语，意思是泥菩萨过河自身难保，还有的瞅着唐多多老师，意思是放过李二白，他除了上课爱打瞌睡，其他也没什么前科。

李二白目光停在坐在前面的同学 T 恤后面的图案，图案画的是快要融化的七根冰棍。

“三加四，只有在三支冰棍，加四支冰棍时候……”李二白支支吾吾地说。

“啊！”“什么？”“啊啊！”“嘿嘿！”教室里笑声、惊呼声、阴笑声响成一片。

“融化成一摊水的时候……”李二白说完，伸了一下脖子，咽了一下口水。

“哈哈哈！”“天才！”“你的想象力真丰富！”“不愧为李白的本家。”

“三支冰棍加四支冰棍，融化以后就等于一摊水。李二白，你真厉害！”唐多多老师给予他充分的肯定。

“答案不唯一。”唐多多老师继续发问。

“老师，求求你不要再问下去了，我的头发没有几根了，一动脑筋，就搔头皮，我不想当灯泡！”幽默王终于开口了。

一句话把唐多多老师逗乐了！

“杜悠悠，你来揭晓答案！”

“杜，你有把握吗？”幽默王担心地问。

“风萧萧兮易水寒，壮士一去兮不复还。”杜悠悠有点儿像荆轲刺秦王一样悲壮，“当三天加四天的时候，就等于一了。”

“等于一？”“等于一？”“……”大家还是一脸超级呆萌。如果有位画家把他们的表情画下来，准把门神吓跑。

“对，等于一……周！”杜悠悠掷地有声，差点儿把地砖砸一个洞。

“哇！”“好厉害耶！”“牛！牛！”

今天的唐老师笑起来如阳光般明媚。

“最后一道题讲完就下课。”唐多多老师摸了一下肉嘟嘟的下巴，似乎有点要故意为难大家的样子。

“啊！”

“啊什么啊！回答问题要学会思考，信口开河，错误一箩。听好了！我出题了，半个梦加半个醒，等于……”

这一下，同学们吸取前面的教训，思考问题不再蜻蜓点水，浮光掠影。大家摇头晃脑，绞尽脑汁。

“等于什么？”大家你瞅着我，我瞅着你，都希望能从对方的眼睛里抠出一丝希望，以此了结快乐与漫长的痛苦。

“这还要想吗？半个梦加半个醒，等于一个醉汉。”李二白站起来很有把握地回答，说完，扬起长着小豆豆的脸看着天花板，像当年李白一样吟咏着：“举头望明月，低头思故乡。”

李二白平时上课做梦倒也没有白做，这个答案有绝对的把握。同学们似乎有了救星，长叹一口气。

“你就是爱做梦，今后上课老是打瞌睡，到时候什么都没有学到。”唐多多老师狠狠抛下一句，“这一下不等于一啦！思维定式！标准的思维定式。”

“那等于几呢？”对，等于几呢？教室里又开始骚动不安。

“等于睁一只眼，闭一只眼。”唐多多甩门离开，步子有点儿像发福的贵妇人，“今后对上课打瞌睡的同学，本老师不再采取‘睁一只眼，闭一只眼’啦！”

“哈哈哈！”“呵呵呵！”同学们笑着想离开位置，准备下课。

唐多多急忙刹车，回头留下一句：“多动脑筋，少走弯路；思维定式，处处碰壁。”说完，挺着隆起的肚子，像孕妇一样，摇着语文老师特有的柔情的身子走进办公室。

调皮的同学们蹲下身子，看看地上有没有坑。

“哇！好大的一个坑！”

“唐老师那句话‘多动脑筋，少走弯路；思维定式，处处碰壁。’砸得够深的。”

呵呵！成熟与稚嫩的笑声，飘荡在校园的每一个角落。

# 烤薯大伯存款

## 一

时光城里开了一家时间银行，这个消息，像长了翅膀。

时光城里住着一位四十多岁的烤薯大伯，烤了十多年红薯，赚了一笔钱。不知啥时候爱上贪杯，由于贪杯，整天以酒为伴，孩子生病也不管，红薯也不烤，老婆带着孩子远走高飞。从此孤身一人，逢酒必醉，稀里糊涂地过日子。烤薯大伯名字叫仇伟，几乎没有人知道，但“酒鬼”这个绰号几乎家喻户晓。他希望自己多活几年，准备喝尽全城美酒，麻醉身上每一根神经。消息传到他耳朵里，听说时光城里开了一家时间银行，高兴得一口气喝掉了一瓶酒，摇摇晃晃来到时间银行门前，看到银行保卫人员，站直了身体，免得麻烦，一步跨到柜台窗口：“我要……存……钱……存三百六十五万……”

“对不起，我们是时间银行，不接待现金存储。”机器人解释。

“哦，对了，我是来存时间的，我要存三百六十五万，哦不，存三百六十五天。”酒鬼说完，从口袋里掏出一本皱巴巴的日历。

“请出示你的有效证件，比如身份证、军官证、残疾证！”机器人提醒。

烤薯大伯在身上搜了一下，没有搜到证明自己身份的证件。好不容易找到一张硬板样的东西，他递给时间银行机器人一张卡，原来是他在某酒店办理的消费卡。机器人通过这张卡，查到有关信息。

“你要存多少时间？存多长时间？”

烤薯大伯说：“我要存 365 天，准备放在你们银行里一年。”

机器人在键盘上稀里哗啦敲了几下，递给烤薯大伯一张存单。

大伯接过单子，看都没看，晃着身子回家了。

## 二

第二天，酒意退了，天也亮了。他发现枕头旁边多了一张单子。歪着眼睛一看上面写着：时光城时间银行，存入 365 天时间，存放时间为一年，利息三个月。让他哭笑不得的是姓名栏里写着“酒鬼”。他不知道机器人是怎么知道他是酒鬼的，也许机器人有气味识别功能。酒鬼把存单反面看了一遍，上面写着有关条款。不看不知道，一看吓一跳。

“时间银行规定：今天的事情双倍做，将自动存入一天；明天的事情，今天做，将自动存入两天。所做的事情必须有益！”

烤薯大伯傻眼了，他是名副其实的酒鬼加懒汉，整天喝酒和睡觉，连澡都懒得洗，更不要说打工挣钱了，喝酒的钱都是通过变卖家产换来的。

他想到存入 365 天，必须两天时间的事情一天内完成，这样才能到死的时候，寿命延长一年，加上利息三个月。

烤薯大伯越想越不对劲，这样下来，非把他累死不可，本想延长寿命，没想到会累死，想想不划算。于是，准备把存单定期改活期。想到做到。他带着存单一路小跑，一阵风吹来，手里的存单飘走了，于是拼命追着，好不容易才追到手。

还没到闹市区，就听见敲锣打鼓声，他隐隐约约闻到不是烤薯的香味，而是一般的酒味，于是加快步子，赶到酒坊巷子。人群把一家酒店围得水泄不通，他钻进人群，抬头一看：匾牌上写着“醉仙哥酒楼”。他想到自己的存折，一天内完成双倍的事，也就是说，原来一天喝四顿酒，这一下可以喝八顿了，而且延长寿命一年三个月。这一年三个月，要喝多少酒。他精打细算，算到盈利可观，激动得手舞足蹈，舔了舔嘴唇，一头扎进酒楼。

“老板，来一碗！”

“老板，再来一碗！”

“老板……来……一碗……”

他在新开的酒楼里喝得酩酊大醉，他在喝第四顿的时候，已经不省人事了，起身，碰翻了一张桌子的酒，嘴一鼓，一喷，呕吐物洒在名贵的地毯上，后来又弄脏了价格不菲的壁画。酒店工作人员安排服务生开车送他回家，由于烤薯大伯门前的路窄，车子被路旁的树枝刮了一下，开车的服务生被老板扣了一个月的薪水，而服务生是一名大学生，挣钱是为了替他妈妈看病……

## 三

天亮了，他又开始呕吐，一次，两次。第二次是完成时间银行条款规定，他非常清醒。

喝醉酒是有益的事情吗？他摸着昏昏沉沉的脑袋，自己也吃不准。他连忙打电话问了时间银行的工作人员——机器人。他们的答复很明确，喝醉酒是百害而无一利。

烤薯大伯的手机收到了时间银行推送的一条信息：尊敬的客户您好！您昨天做了有害的事情，共计亏损 30 天。请您及时关注存入我行时间利率变动。

大伯吓了一身冷汗，八顿酒不但白喝，而且还少活一个月，多么不合算呀！想到这里，抓起存折直奔时间银行，他要把存入银行的时间取出来。

时间银行里存时间的窗口人不少，有的是为自己存的，有的是为孩子存的，还有的居然是为自己家的宠物存的。

一位老人在取时间的窗口，一会儿笑容可掬地递上身份证，一会儿哆哆嗦嗦地戴上老花镜，在一张纸上颤颤巍巍地签名。

“我在你行存了 50 年时间，加上利息，应该有 50 多年了。我已经老了，我想把我的时间遗产留给一个身患重病的孩子。他还年轻，就医 20 多年了，二十几岁的他，世界上好多事情都没有尝试过，需要更多的时间，他还没来得及孝敬父母……”

烤薯大伯听了，惊出一身冷汗。把存折塞进裤兜。他想到二十年前，他老婆带着孩子四处求医，估计孩子也不在了。孩子、老婆永远离开了他，他用酒精来麻醉自己，好让自己少一分痛苦。

酒，一边麻醉自己，一边贪杯，他活在半梦半醒的矛盾中。

## 四

回家的路上，脑海里不断浮现时间银行取时间的窗口前一位老人的背影，耳边一直萦绕那位老人的声音，还有身患重病的那个孩子在他眼前不断浮现。

一条闹市区的马路，车水马龙。忽然，汽车在鸣笛，他抬头一看，见一位老人正在过斑马线，步履蹒跚。细细一看，心里咯噔一下，那不是在时间银行存时间的老人吗？绿灯还剩下几秒，他一个箭步冲到老人身边，二话没说，背起老人径直走向对面。

他的手机收到一条来自时间银行发来的信息：你今天盈利 24 小时。人生苦短，积善方能延续。

他欣喜若狂。

回到家，烤薯大伯在手指上吐一口唾沫，一张一张数着变卖家产用来喝酒的所剩不多的钱。他一咬牙，直奔商业街，买了一辆人力三轮车，风里来雨里去，一年下来，不知道做了多少公益的事情，同时也挣了不少钱。

一年后，他再一次来到“醉仙哥”，看到酒柜上琳琅满目的酒，咽了一口口水。

“酒鬼，你是来喝酒的还是来赔钱的？”老板说。

“老板，你家开业的时候，我醉酒弄脏了酒店的地毯，还有壁画，今天，我赔钱来了。”烤薯大伯说完，把钱塞进老板的口袋，

“不多，可能不够数！”说完，一转身就不见了。

跟时间银行联网的摄像头记录着一切。

“尊敬的客户，你今天时间银行自动存入 7 天。到目前为止，你的存入时间已经累计 1095 天。”

时光匆匆。

“尊敬的客户，您好！到目前为止，您存入的时间已经累计 3650 天。”

## 五

一天夜晚，有人敲门，他打开门，发现站在门口的小伙子似曾相识。

“爸爸，我是你的儿子，在好多好心人的帮助下，我的病治好了，医生说，我跟正常人一样了。我想吃你烤的红薯。”

烤薯大伯仔细一看，激动得要打开酒瓶，小伙子一把拦住他。

“到时间银行去！”烤薯大伯对儿子说，“我要把存入时间银行的时间，无偿捐给需要时间的人。”说着，拉着儿子坐上他的人力三轮车。儿子几次要下来，都被烤薯大伯按住：“让我好好当一会儿爸爸！回家，我烤红薯给你吃！”

## 小巷迷茫

小镇岁数可大了，大家不知道具体年代有多久。几条悠长的小巷，有的拐一个弯，就到宽敞的马路；有的弯弯曲曲，好像要伸到天涯才结束；有的到了一个小店铺，就出现几个路口，不知道走哪一条路。

小镇上的居民，大多数离开光溜溜青石板的小巷，去了大城市。从此，小镇冷冷清清，寂寥惆怅。

冷不丁，一只野猫撞翻墙头上的瓶罐，发出叮叮咚咚的回声，小巷孤单得要哭。

一条拐弯处有几个岔道口的小巷，还有几家小店开着：一家豆腐坊，一家理发店，还有一家杂货店。

大多数小巷居民离开小巷后，房屋闲置了一段时间，后来，到这座城市的“淘金者”，租下闲置的房子，又开始了锅碗瓢盆的交响曲。

小巷有几户人家厨房里飘出曾经的香味。

石默子来自南方，上六年级，随父母来到家纺城，居住在附近的这个小巷的末尾。他瘦瘦的，个儿高高的，像南方的芭蕉树。一头长发几乎披肩，如同被台风撕扯过的芭蕉叶子，盖住清秀而冷峻的脸。

他是小提琴手，一曲凄美的《梁祝》，让他自己沉醉不已，遗憾的是，几次考八级，都未能如愿。

陶晓丽来自北方，租住在小巷的出口处，她也是六年级时就来到这个小镇。

他们俩在一所小学上学。

这一所小学，出了小巷，跨过一条马路，步行十分钟左右就能到达。

刚开始他们俩彼此不熟悉，一个天南，一个地北。

石默子每天上学，都要经过陶晓丽家门口，慢慢地彼此熟悉了。其实，吸引陶晓丽的还是悠悠小巷传来委婉的《梁祝》。

他们不在一个班，教室还隔了一层楼。

放学的时候，石默子经常等陶晓丽，除了给陶晓丽免费欣赏乐曲，还有，放学路上，一户人家养了一只狗，虽然拴着，但有时候冲着人狂吠，样子怪吓人的。

老实说，石默子陪陶晓丽走过小巷的路不长，也只有几步，留给石默子的是长长的巷子，孤单的身影，还有沉沉的、零碎的脚步声。

一天，石默子和陶晓丽一起走在回家的路上，往日叽叽喳喳像小鸟一样的陶晓丽一言不发。石默子一改常态，主动问陶晓丽沉默不语的原因。他知道了，陶晓丽家租的房子贵，爸爸准备找一家便宜的。

石默子一阵莫名窃喜。石默子告诉陶晓丽他家隔壁有一家房子空着，如果搬到他家旁边，天天可以一起走过寂寥的小巷，陶晓丽可以当石默子的音乐听众。

暮春的雨，似乎要留住春天，变得黏黏似的缠绵，淅淅沥沥，飘零一天。蒙蒙细雨把小巷灰瓦白墙洗得一尘不染，小巷的路，坑坑洼洼，清凌凌的雨水，蓄满青石板上岁月留下的小坑。黄昏来临，几家窗户射出的灯光，映照在小巷水洼里，弯弯小巷的路，像一把勺子，而水洼里的点点滴滴的光，如同美丽迷人的星座。

石默子背着小提琴，准备到培训老师那里学习新的曲子。路过陶晓丽家，发现一把锁，牢牢锁住曾经敞开的门。陶晓丽搬家了。石默子心里一下子莫名慌乱。

石默子知道陶晓丽肯定要搬走，她妈妈常年患病，还有一个妹妹。房租一个月两千，足以让她爸爸累得够呛了。

石默子学会自己走过幽长的小巷，上学的路，改成拐到十字巷，从十字巷旁走，路远一点儿。他家选择小巷深处，怕练琴影响别人。

两人路遇的机会少得可怜。

几个星期后，陶晓丽家找到便宜的房子，不过，不在这个小巷了。陶晓丽要把这个事情告诉石默子，同时，她还要做一件让石默子不愿意做的事。

可是等了几回，就是没有看到石默子，更没有听到熟悉的旋律。小巷墙角野草野花摇晃着脑袋，似乎在否定什么，两只蝴蝶在她眼前纷飞，忧郁而凄凉。

一天，陶晓丽来到老师的办公室，把事先准备好的纸条，递给了石默子的老师。老师看了会意地笑了。

第二天，陶晓丽看到石默子低着头，站在老师身旁，一头长发垂下，那个样子真像一只受到攻击的刺猬。陶晓丽摇摇头，心里想：如果再不把长发剪短一点儿，流里流气的样子，没有一个同学愿意接近你。下一月校园艺术节，不一定给评委老师好的印象。

“头发这么长，还是剪掉吧，天气热了。”班主任老师胖乎乎的，大概胖乎乎的人最讨厌人家留长发。

女老师理了理一头短得干干净净的头发：“追求时尚与潮流是好事，炫酷也要讲究分寸。下一月，校园艺术节，你除了一首曲子，还有一个小品。你的身材，你的人品，非常适合演主角，演的是‘哥哥’，你这个样子像男孩子吗？拒绝，很可惜了。”

石默子就像他的名字一样，沉默得像一块石头。

晚霞满天的黄昏，陶晓丽的爸爸叫她到小巷豆腐坊买几块豆腐回家，陶晓丽正好在小巷口等石默子。结果没有等到。

以后几天里，陶晓丽都是借口要吃麻辣豆腐，到小巷豆腐坊买豆腐，都没等到石默子。琴声哑了，石默子人间蒸发。

陶晓丽决定上门找石默子，问他为啥不把头发剪掉，再不剪，她也不理睬他了。

陶晓丽还没赶到小巷，就看到石默子在理发店门口徘徊。看样子，他是舍不得剪掉。

“石默子，为什么躲避我？”陶晓丽见了石默子上前就一句。

石默子像水木年华一样甩了一下长发，接着强迫自己按住飘起的长发，动作怪异得有点儿别扭。目光迷茫，似乎他有许许多多不剪的理由。

“回答我的话。”陶晓丽推了一下坚如磐石的石默子，“我不是躲避你，新的地方想告诉你，可你逃到哪去了？”

忽然，一阵风吹来，他想急忙按住长发，可是来不及了……

陶晓丽看到了……她愣住了。

石默子左脸紧挨下巴的部位，有一块黑色的胎记，像一只丑陋的黑蜘蛛趴在那儿。

石默子告诉陶晓丽。

自从生下来，到了懂事时候，他就接受异样的眼光。小时候感觉异样目光没有刺痛他的心。长大了，每一次目光的投射，他就浑身颤抖。

为了不让自己内心被怪异的目光撕碎，他选择用长发遮住左脸。老天也让他爱上小提琴，用腮托遮住“黑色的蜘蛛”，没想到，听众对他小小年纪就追求行为艺术，感到不可思议，甚至开始怀疑他的人品，对他的曲子也无心欣赏。考级的老师说：“他弹的曲子不自信，甚至有点儿颓废。”

一颗逐渐成熟的内心迷茫纷乱。

陶晓丽一把拉住石默子的手，走进理发店。北方的姑娘泼辣爽快的性格，一下子让石默子不知所措。

“师傅，我哥来剪发的。”

“不留了？”理发师傅再一次确认。

“不留！”陶晓丽斩钉截铁地说。

咔嚓咔嚓，一地凌乱的长发，一地曾经掩盖瑕疵的长发。

走出理发店，石默子第一次抬头看了一下干干净净的天空。

陶晓丽拉着石默子在小巷里一路跑着，敲开了班主任的家门……

“老师，小品我演了。”石默子第一次大胆跟老师说话。

老师看了看石默子的板刷头说：“这个样子真好看！”

石默子一转身跑到马路上的人群里。

老师对陶晓丽说：“你这一招，真灵，要不，我还没有好的办法让他剪掉长发？”

“艺术节上，我们一起为他加油！”陶晓丽把银铃般的声音留给老师。

以后的日子里，悠悠小巷又传来琴声，旋律活泼欢快、明朗洒脱……

# 血色手印

## 雨夜惊叫

黑暗的夜空中只有雨点的动静，滴答滴答的响声更显得沉闷。

忽然，一声惊叫，划破黑漆漆的夜空。看完侦探小说的陈尔斯，刚躺下准备休息，就听到刺耳的声音，心头一惊，他用力摇摇头，确认这个声音的真实性，“啊……”又是一声，不得不承认，声音不是来自侦探小说，而是来自现实。

他一骨碌爬起来，推开窗户，看到大大小小的出租屋齐刷刷亮着灯。屋外的路灯下，人影在晃动，一下子拥到李阿姨家门口。

李阿姨是陈尔斯的老乡，三年前随着淘金大军和陈尔斯的父母，来到富得冒了油的镇子。“莫非是李阿姨遇害了？”陈尔斯嘀咕着，心里不禁打了一个寒战！

陈尔斯连忙穿好了衣服，冲出小屋，挤进人群。发现李阿姨愣在家门口，一言不发。地上仰面躺着的是一位年轻的女子，凌乱长发遮住苍白的脸，颈脖处有一摊血，一只手似乎要抓住什么。

陈尔斯张开两臂喊着："让一让，让一让，不要靠前，保护现场！"此刻，陈尔斯，俨然一位先到现场经验丰富的刑警。

一会儿工夫，警车一闪一闪，清凌凌的雨滴，在警车灯光里，如同惊慌失措的精灵，乱飞乱撞。

警察到了现场，拍照的拍照，取指纹的取指纹，工作有条不紊地开展着。

细雨中的人群在骚动，管不住嘴的在交头接耳，议论纷纷。

"现场没有留下有价值的线索，家里值钱东西一样没有少，受害者已经死了，手指上的金戒指还在。看来，凶手不是冲着财来的。"警察小刘向队长汇报，看了一眼呆若木鸡的李阿姨，补充一句，"把她带走！"

"小刘叔叔！"陈尔斯挤到小刘面前。

小刘一看是陈尔斯："你也住在这条街。"

一个月前，陈尔斯协助小刘，抓获一名盗窃犯，小刘是陈尔斯崇拜的偶像，陈尔斯是小刘警察感谢的小朋友。

"嗯嗯！小刘叔叔，李阿姨是好人，你们可不要抓她。"陈尔斯祈求的目光锁住小刘。

"我们是了解情况，争取早日破案！哦，对了，你认识死者吗？"

"不认识！"陈尔斯头摇得像拨浪鼓。

"有什么情况，及时联系我们。"小刘和所长上了车，关上车门前，小刘警察探出头对陈尔斯说。

雨，不知道啥时候停了。

陈尔斯一边走，一边思考："这个女子是谁呢？为什么死在李阿姨家门口，是谁这么狠心，害死了她？为什么要害死她呢？……”

陈尔斯走到一间房子前，路灯僵着脖子，发出淡淡的光，刚下过雨，小路有点滑。一个趔趄，他伸手准备扶墙，他无意间看了一下墙，一个模糊的血手印，让他的心跳动得非常厉害。

他连忙掏出手机，把指纹拍下，然后电话联系了小刘。小刘连夜过来，提取指纹样本。

## 诱饵钓鱼

雨过天晴，一夜没有睡踏实的陈尔斯，第二天一早，继续来到血手印的白墙前仔细观察。他一边观察，一边想：凶手为什么要把手印留在路口墙上呢？世界上有这么笨的凶手吗？

“我相信伸手就能碰到天，有你在我身边，让生活更新鲜……”陈尔斯的手机响了，电话是小刘警察打来的，说血迹是人血，目前还在继续化验。

陈尔斯心头一亮，连忙到附近的药店、诊所了解情况，问问有没有夜里来买创可贴或者止血带的。结果，一无所获。狡猾的凶手具有反侦查能力，血手印是不是故意留下线索？陈尔斯没有灰心，他叫老家的舅舅带来几十斤苹果，并在小镇路口摆摊，亏本出售。前来购买的人不少，一双双手在苹果堆里挑来挑去。陈尔斯特意让舅舅留意手部受伤的购买者。

“啊！”陈尔斯差一点儿喊出声来，他看到一双裹着纱布的手，在苹果堆里翻来翻去，挑苹果。

他记住了裹着纱布的人的模样：中年人，四十岁开外的样子，鹰钩鼻，布满血丝的眼睛。一看，就不是好人。

踏破铁鞋无觅处，得来全不费功夫。陈尔斯暗暗窃喜。四十岁的中年人买好苹果，匆匆忙忙离开了。陈尔斯收拾摊子，紧跟其后。拐过一条小巷，路过血手印的白墙，中年人到了一间老宅就停下脚步。陈尔斯躲到一堵残墙前，偷偷看着。中年人收拾行李，似乎要离开这里，圈里的几只羊饥饿难耐，咩咩地叫着。为了能逮住人高马大的凶手，陈尔斯马上联系小刘警察。

片刻，为了不惊动嫌疑人，小刘警察只身一人来到现场，准备控制住嫌疑人，然后联系队友，进行瓮中捉鳖。

中年人被带到所里，经过细心审问，并进行 DNA 比对，结果大失所望。原来中年人是宰羊的，几天前，在朋友家宰羊，不小心划破手，回家前，在朋友家喝了酒。酒醉后，跌跌撞撞，扶着墙回到住处。

## 柳暗花明

唯一的线索就这样断了，陈尔斯很不甘心，回到家的陈尔斯闷闷不乐。他扯着一张旧报纸，折了一只纸飞机，憋着一口气，向着屋外掷去。飞机借着惯性，飘飘摇摇飞了一阵子，一头栽到血手印墙旁的电线杆腰上，无力地滑落下来。

陈尔斯快步来到电线杆旁，捡起地上的纸飞机，意外地发现电线杆上有明显的手指血印，而且是五指。这一下，陈尔斯没有像发现墙上血手印那么激动，让小刘叔叔空跑了一趟，心里歉疚得很，而是沉着思考着：这个血手印，感觉非常诡异，蹊跷。凶手为什么要在白墙不远处的电线杆上，留下血手印呢？

陈尔斯从家里拿出小刘叔叔送给他的放大镜，对着电线杆上的血手印，仔细看着，不看不知道，一看吓一跳。他发现血印是故意印上去的，如果无意中留下手印的话，不可能有五个清晰的指头印。最让陈尔斯心跳不止的是……

小刘警察从案发现场提取的指纹，正加紧比对，其他警力正拉网式大排查。他们发现卖鱼的年轻人最近几天不来菜市场做生意了，奇怪的是，卖鱼的年轻人，洗鱼时戴着手套很正常，可是不洗鱼时也戴着手套。

陈尔斯把最新情况告诉了小刘警察，小刘一听，不禁皱起眉头："好一只狡猾的狐狸！"

他连忙带着陈尔斯来到电线杆那儿，提取了血手印上的新指纹，仔细看一下，血印的食指正如陈尔斯的判断——没有指纹，像是套了塑料什么的。凶手为什么不戴着手套作案，为什么食指戴着塑料假指头？

小刘警察把难题摆在聪明爱动脑筋的陈尔斯面前，陈尔斯大胆设想，像一位老侦探一样头头是道地分析着："食指曾经肯定断掉了一截，为了作案，掩人耳目，临时装了一个塑料假指头。这样，警察破案的时候，注意力就会放在五指健全的人群里。"

小刘拍了一下渐渐发硬的陈尔斯的肩膀："聪明，长大跟我干这一行！走，我们去寻找断指凶手！"

## 大获全胜

菜市场里的排查，获得了有价值的线索。据一位卖鱼摊主说，四号卖鱼的人是长头发，他老婆正与他闹离婚，在一次偶然的机会里，看到他的食指少一截。这一可贵的信息，差一点儿让陈尔斯和小刘疯狂起来。他们火速回到所里，把获得的最新情况向所长进行汇报。

当天，小镇大城都贴了悬赏告示，告示清清楚楚地写着凶手的体貌特征，尤其是右手少一截食指。

所里一部分警力直奔长头发的住处，小刘和陈尔斯的任务是封住有可能逃跑的车站检票口。

在通往北方城市的检票口，等待检票的旅客正有秩序地通过检票口。小刘和陈尔斯赶到时，一位光头提着旅行包，体貌与悬赏告示差不多的年轻人，一下子进入陈尔斯和小刘警察的视线，他的长发可能是剪了，一看手指，他戴着手套，估计是听到风声，为了掩盖自己。为了不贸然行动，小刘在陈尔斯耳朵旁嘀咕一句，然后跑到检票口，与检票员打了招呼。

光头，这位戴着手套的年轻人把票递给检票员，检票员手一抖，票落在地上。

戴着手套的年轻人弯腰捡着，可是，戴着手套的手，费了好大劲也没有捡起来。这时，陈尔斯催促道："快一点儿，车子马上要发车了！"

戴手套的年轻人情急之下，脱下手套，露出手指，捡起地上的票，人还没有站稳，就被小刘警察事先准备好的手铐，铐得结结实实的。

所里审讯室里，犯罪嫌疑人正接受问话，在事实面前，他供认不讳。

为了逃避法律的制裁，他把平时不常戴的假指头套在手上，印在路口的电线杆上，造成一种是手指健全的人干的假象，人海茫茫，大海捞针，转移警察的注意力。然而，聪明反被聪明误，没想到，假指上根本没有人体手指的指纹。

事后，为感谢陈尔斯对破案的帮助，小刘把压在箱子底下的《福尔摩斯探案集》送给了陈尔斯。

# 复活冰冻人

## 掉进雪窟窿

快乐的暑假，对童可可来说，简直是比蹲禁闭室还难过，妈妈的许多“不允许”，包括空调间也不允许多待，他只好趴在没有空调的客厅餐桌上睡午觉。热浪袭来，他的心渴望在冰天雪地的世界自由滑行、飞翔，能钻进雪堆里，那就更爽了。

瞌睡虫向他哈了一口气，他的眼皮腻在一起了。像毛球一样的脑袋昏昏沉沉，他不知不觉进入梦乡，孤身一人来到一条积雪很深的山路上。山很高，不亚于喜马拉雅山。他深一脚浅一脚地向上攀登，一不小心，掉进雪窟窿里。一阵凉意袭来，身上的每一个毛孔都在快乐地号叫，整个人一下子舒服极了。凉意渐渐过去，接着就是彻骨的寒冷、刺冷，像一把锋利的锥子，直扎肌肉、骨头，肌肉麻木了，骨头冷得失去意识了。不知不觉，时间过了一大段，童可可便失去了知觉，身上所有的细胞都被按了暂停键，停止了一切活动。

一百年后雨过天晴的一天，童可可发现自己在一家实验室里特殊的床上奇迹般醒过来了。他一醒来，下意识地就捂着沉甸甸的头，奇怪的事情发生了，脑门上老是冒出蓝色的光，时而零零碎碎，时而喷射而出，眼前的诡异的碎光，让他惊讶万分。

一阵子头痛后，记忆渐渐清晰起来。一位年过半百的科学家笑盈盈地走到他身边："你是我的试验品，恭喜你获得成功。我马上去发布这个让世界都为之震动的消息。"科学家说完，伸手向童可可击掌，表示万分激动。童可可被动伸出手。"啪"的一声，身体一下子通了电流。科学家击掌后，从胸口里掏出一张小小的蓝色芯片，在童可可眼前晃了晃，神秘兮兮地说："是它救了你的命，你是靠这张芯片恢复一切生命的机能，在你的脑袋里，也同样植入了这样神秘的芯片。好了！你可以开始你的新生活了，哦，忘了告诉你，现在是2120年了，一切都在发生变化，赶快适应尖端科技的时代。要不，你会无法适应这个时代。"

科学家说完，一头钻进自己的实验室。

科学家在电脑里录下这样一段话：记忆芯片激活大脑神经元，启动心脏起搏功能，凝固的血液在几个小时后开始流动，人体开始恢复知觉……

## 起死回生

恢复生命的童可可很快离开实验室，来到铺满鲜花的森林小路，做了一次深呼吸。

"哦，好美的风景，好清新的空气。"走在路上，发现这个世界发生翻天覆地的变化，房子都是摩天大厦，桥梁都是自动升降的，路面都是彩色的，汽车都是扁扁的，不断有小型飞机降落高楼窗口，仔细一看，原来是送外卖的。白天的路灯简直就是人的眼睛，童可可走错了道，路灯发出语言信息提醒他。他顾不得欣赏眼前的一切，他去找限制自己自由的妈妈，告诉她，他长大了，可以放手了，不要把他当小孩子看待，他实在受不了。

路上，一辆玻璃房子一样的车开过来，开过去。童可可想上车，可是兜里没有钱。

“喂，小朋友，上车呀！”

“我没带钱。”

“乘车要钱，那是一百多年前的事情了，这孩子莫非来自外星球的。”

“这孩子是来自原始森林的吧！”车里的人议论纷纷。

童可可听了，疯一样地逃跑。他来到大街上，看到人们的衣领上都有一枚圆圆的“纽扣”。“纽扣”一响，人们就开始说话了。

童可可一打听，原来纽扣就是当下的传媒系统，可以通话，可以放大看电视，可以遥控家门口的汽车、屋顶的直升机。

## 误闯银色世界

童可可来到巨大的娱乐场，发现里面是个超级室内滑雪场，障碍滑雪、花样滑雪、挑战极限滑雪，几乎样样都有。五彩的灯柱不停地旋转着、变化着。童可可在这个银色的世界里尽情玩耍，玩得不亦乐乎。

一只像猫一样的老鼠，拖着一把吉他，气喘吁吁地来到娱乐场。

“伙计们，我来晚了，我的音乐一响，这个世界将更加疯狂。”老鼠跳到一根柱子的顶端，说完，又跳到吉他上，用它的尾巴，疯狂地拨动着琴弦。跳动的音符、疯狂的音乐、震撼人心的旋律，在娱乐场里，飞旋着、狂奔着……整个娱乐场，几乎是被点燃的热气球。

突然，琴弦断了，老鼠失望地向大家道歉。

娱乐场内，有人大声叫嚷：“老鼠表演失败，劳务费一分不给。”

有人骂骂咧咧：“出来混一口饭吃，也不看看什么场合，臭老鼠。”

童可可觉得躁动的音乐，让他的心热血沸腾，全身充满了能量。

没有音乐，娱乐场一下子冷静下来。空气中氤氲着凉飕飕的雾气。

突然，他的衣领上一枚“纽扣”发出语音：“尊敬的客户你好，我是蓝星球科技有限公司的公司客服大不点，你是使用生命复始的客户，本系统提醒你，你的生命能源快要进入待机状态，请你赶快存入阳光能！”

这时，童可可头脑开始出现异常，心跳缓慢，头昏脑涨，人处于透支状态。突然，一道强烈的白色光，射进他的头部，一下子感觉舒服多了。童可可知道了存入“阳光能”的原理。他迅速离开惊险刺激的滑雪场，来到阳光充足的室外，躺在一张椅子上，如饥似渴地接受阳光照射。热浪一阵阵袭来，汗流浃背，数小时“充电”后，他又恢复最佳状态。

他冲进娱乐场，找到了躲在墙角里哭泣的老鼠。

“走，老鼠，我们赶快离开这里，我带你到一个自由的地方，没有谁能限制你。”童可可对老鼠说。

老鼠一看童可可满眼都是真诚，二话没说，抱着一把破吉他，跟着童可可走南闯北了。

## 回到现实

老鼠喜欢阴暗的地方，不习惯待在阳光下，有一天，老鼠说：“童可可，我走在大街上，没有人喜欢我，见了我，都纷纷拿着家伙打我，这你也看到了，为了友情，陪你一段时间了，我只能这样了。童可可，我想回到妈妈的身边，我出去太久了，我妈妈它在一个山洞里，那里虽然阴冷，但是是我的家。”

童可可接受老鼠回家的请求，他跟着老鼠来到阴森森的树洞，还没到洞里，一股冷冷的风从洞里飘来，童可可打了一个寒战，全身都在痉挛、发抖。

“不要，不要。冷风不要过来，我要接受‘阳光能’我要热能量……”

“傻孩子，我看你，都满头大汗了，还不到空调间睡觉去，妈妈只是说不要长时间待在空调间，没有说不让你吹空调。我把你抱进空调间，却忘记给你盖一条空调被。估计受凉了吧！”

童可可一觉醒来，发现自己已经不在客厅，而是在空调间里，抬眼看着妈妈，告诉妈妈刚才的梦。

“傻孩子，胡思乱想什么呀！我就是不放心，才不允许你这儿，不允许那儿，好了，我知道了，从明天开始，改成‘让你试试看’。”

“好啊，我找朋友到公园玩喽！”童可可像一条泥鳅，一下子钻进热辣辣的阳光下。

“童可可，你听好了，不允许游泳，不允许划船，不允许喝冰水……”妈妈在窗口一个劲儿地喊着。

这个时候，估计童可可一个“不允许”都没有听到。

# 丢失的口琴

## 一

林海海把心爱的口琴弄丢了。

时光像一只落荒而逃的兔子，还有十天就到好朋友蒋建十三岁生日了，他答应在蒋建生日派对上，用口琴吹奏一首《生日快乐》。

蒋建，一位外来务工子弟，爸爸妈妈离异后，蒋建一直跟着妈妈。从山里学校，来到大都市，由于自己的朴实善良、手脚勤快，很快融入了新的班集体。林海海，一个阳光帅气的男孩子，成了蒋建最好的朋友。有一次，林海海因急于回家给生病的奶奶抓药，忘记了当天的值日，到家后才想起来。于是，他第二天早早起来等公交车，准备到学校把地扫一下。

蒋建早起送早餐给扫马路的妈妈，路过红林站台，刚好看到背着书包等公交的林海海。

“嗨，早上好！林海海，你怎么去这么早？”

“我……我……昨天忘记值日了！”

“我已经帮你完成了，你别着急啦。”蒋建说完，骑着自行车，留下一个灿烂的微笑，消失在忙碌的人群中。

林海海愣神儿了，差一点儿误了班车。

林海海知道蒋建的妈妈是一名清洁工，负责打扫一条两边有梧桐树的街道。她每天起早贪黑，用对生活的热爱、真诚，擦亮热热闹闹的街道，给这座繁华热闹的城市一抹永久的光亮。

## 二

一缕琴声不知道从哪里飘来，如缕缕春风掠过心海，似丝丝春雨滋润疲惫的心，那是用口琴吹奏的一首《听妈妈讲那过去的事情》。

“月亮在白莲花般的云朵里穿行，晚风吹来一阵阵快乐的歌声，我们坐在高高的谷堆旁边，听妈妈讲那过去的事情……”

蒋建的妈妈听到飘来的旋律，心头一震，打起精神，扫完了最后一条街，踏着月色的苍白和泛黄的灯光回家了。

吱嘎！蒋建听到妈妈的开门声，起身替妈妈倒一杯热水。

“建建，你还没有睡？这几天妈妈一点儿不累。”妈妈接过水杯，喝了一小口，“我……”

“加工资了吗？”蒋建没来得及等妈妈把话说完，欣喜地问。

“那倒不是……是听到好听的曲子，是妈妈小时候常听到的，特别好听。妈妈一下子没有了疲劳感。那首曲子是用口琴吹奏，在夜色里，飘呀飘，不知道掠过多少个窗口，飘到多少人的心窝。”

妈妈兴奋得肢体语言变丰富了，满眼都是孩子般的高兴。

蒋建不吭声，愣愣的，推开窗户，像是在万家灯火城市角角落落里，找到音乐之源。面对高楼大厦，他在猜想：是谁为这座城市，这条街，用悠悠的口琴声送走疲惫不堪，让城市充满活力？

他决定找到这位为这条街免费演奏的音乐人。

## 三

林海海找不到口琴，人像丢了魂似的。午习课时，大家都在做作业，林海海却在发呆，帅气男孩变得像一位小老头。

所有的一切被蒋建看到了，他抛来一个还没来得及揉圆的纸团。林海海打开一看，上面写着——你怎么忧心忡忡？老朋友可以分担。署名：你的朋友蒋建。

自习课上，“咚咚咚！”有人敲门，蒋建眼疾手快开门，音乐老师微笑着说：“叫你们班林海海来音乐教室进行口琴训练！”

蒋建跑到林海海跟前低声说了一下。

林海海没有反应，茫然地望着门口。

下课了，蒋建迫不及待想问林海海不去音乐教室的原因，考虑自己是否哪里做错了，让蒋建疏远他。

林海海一言不发，蒋建一个劲儿摸后脑勺。

第二天。“新闻，新闻，特大新闻，昨天放晚学，我看到林海海到超市开业庆典现场捡瓶子！”爱打听小道消息的刘华，一早就开始“广播”了。

教室里议论开了。

“真的吗？”蒋建半信半疑问，但表情告诉大家，不会是海海。

“假不了，我亲眼所见，他忙着捡瓶子，有时为了等人家喝完，眼睛瞅着瓶子，那个样子，真是酸溜溜。”刘华说得有鼻子有眼。

“刘华，你打算怎么样？需要反复炒作吗？”蒋建试探对方，对林海海十分关切胜过自己。

“这……”刘华似掉进水缸里的秋蝉——不吭声了。

“林海海的行为没有什么可笑的，应该得到尊重！”蒋建说话掷地有声，转身不见了。

平时不迟到的林海海踏着上课铃声进教室，蒋建抬起眼睛，仔细打量着海海。

海海一脸倦怠。

## 四

太阳滚到山腰，一天又过去了。

放学的铃声响起，林海海匆匆忙忙地走了，把平时的朋友抛得远远的，蒋建快步尾随其后。

海海避开车辆，穿过人群，一下子钻进了弯弯曲曲的小巷。蒋建如同特工，紧跟其后。“垃圾中转站”几个字映入眼帘，扎得眼球发疼。蒋建有点儿不相信自己的眼睛。

林海海在臭气熏天的垃圾堆里，寻找着瓶瓶罐罐。

“小孩，这个易拉罐给你！”一个清理垃圾的工人很慷慨地说。

“你又来了，我替你留了几个，拿去吧！”一个瘦高个子把几个瓶子扔给了低头找瓶子的林海海。

“买口琴的钱攒够了吧！叔给你五十，不要来这里啦！”一位胖乎乎的叔叔，把五十元给了林海海。

林海海没有接受。

蒋建愣住了，他觉得自己的心在不断抽痛。

“真想听到前几天的口琴声，可惜……”妈妈一边脱下工作服，一边说。

“确定是口琴的声音吗？”

“不知道，我感觉是口琴发出的，那声音说不出的美妙，直抵人心。”

蒋建生日那一天，妈妈跟同事换班，为蒋建准备了一桌丰盛的菜。

夕阳西沉，万家灯火。蒋建的同学来了，蒋建几个亲戚也来了。

林海海匆匆忙忙赶来。

点亮了蜡烛，蒋建许好愿。大家情不自禁地唱起《生日快乐》歌。

林海海从口袋里掏出绿色的口琴，一串串音符在大家的心窝里跳跃。

“海海，你会吹《听妈妈讲那过去的事情》吗？”蒋建妈妈眼角里是兴奋，还有泪花。

海海鼓起腮帮，嘴唇在一排小孔上滑动。

“月亮在白莲花般的云朵里穿行，晚风吹来一阵阵快乐的歌声，我们坐在高高的谷堆旁边，听妈妈讲那过去的事情……”

琴声悠悠，烛光摇曳，让人陶醉。

“就是这样的声音，就是这样的口琴声！对，就是！”蒋建妈妈激动地摸着海海的头。蒋建看到妈妈这么高兴，转身握着海海的手，一切都在无声中。

课上，班主任李老师说：“在上一次为山区学校捐衣服的过程中，我们五班表现很好。校长收到山区学校的来信，说我们班一些同学，有的在衣服里塞上暖暖的信，有的搁上小玩具，还有的把自己心爱的口琴藏在衣服的口袋里……”

林海海突然想起自己捐赠的那一摞衣服……

他看了一眼蒋建，嘴角露出一抹微笑，蒋建似乎知道了什么，嘴角一扬。

# “挤眉弄眼”的“舰长”

春游的那一天，妈妈考虑天气比较热，帮我买了一件白色衬衫，衬衫左右肩上各有一块黑色布料，黑色布料上有三条黄色杠，让人神气活现。一条黑色的领带，似一条小鲸鱼，如果遇到风一吹，“小鲸鱼”飘动起来，似乎在吻着我的下巴，好像有好多话要告诉我，其实，我也有好多话要对“小鲸鱼”说。

我特别喜欢这件衬衫。

没有想到，这件衬衫，中途接班的美术老师也喜欢。美术课上，天气很热，我脱掉外衣，露出那件衬衫。

老师看了一眼，脱口而出：“真像一位舰长！”

美术老师审美眼光就是不一样。

以后上美术课的时候，美女美术老师不喊我的名字——陈优品棋，直接喊“舰长”。

我知道我的名字有点儿长，这不能怪我，老师上课的时候，直接喊我“舰长”，我怀疑老师有点儿偷懒，但更多的是不好意思。我大概知道舰长是什么样的官，一艘船的老大。后来，用妈妈的手机查了一下，吓我一跳：舰长……军舰上的最高指挥官。

以后，美术老师喊我“舰长”的时候，我心里感到确实不好意思。

夏天来了，妈妈见我喜欢这种款式的衬衫，又买了一件，准备更换着穿。这样一来，我几乎天天穿这种款式的衬衫。

我喜欢“小鲸鱼”在我下巴下“游动”，我的下巴像一艘舰的头部，风大的时候，“小鲸鱼”还会用它的“尾巴”，拍打甲板——我的脸，我的快乐像海洋里奔腾的浪花。

在美术老师的眼里出现的频率高了，我的一个秘密被她发现了，我还没来得及告诉“小鲸鱼”，怎样隐瞒我的困惑，人家是搞美术的，一眼就能看出我的问题。

“‘舰长’，你的鼻子凹处，突然抽搐一下，眼睛配合眨一下，是你的表情包吗？”老师瞅着我的“妖怪”出没的地方。

我一边低下头，一边摇摇头，接着又点点头。

接下来，我照了下镜子，看见鼻子凹处：“‘妖怪’，你再捣蛋，我就把你抛给鲸鱼。”

一节美术课上，老师讲累了，叫我们素描，老师一屁股坐在我前面的一张凳子上，把凳子上那个同学挤到一边。

“今天我是来捉妖的，看‘挤眉弄眼妖’拿什么胆量欺负我们的‘舰长’。”老师说着，瞪着眼睛看着我的脸部，我感觉像针尖一样的目光，扎在我的鼻子凹处，很疼！

我心里紧张得要命，鼻子凹处情不自禁抽搐了几下，像闪电一样快，又像幽灵一般匆匆。眼睛像点头哈腰的哈巴狗，也在那里凑热闹，我恨死它们了。

老师用玉石一般的手伸过来，想捏住“妖”，可惜，她失望了，笑嘻嘻地看着我，在她眼睛里，似乎非常平常，可是我……

老师等了二十分钟，我尽量不让“挤眉弄眼妖”出来给老师逮个正着，结果，老师笑眯眯地离开，笑意里，既有欣慰又有失望。

过后，我为了放松自己，“妖怪”带着一班人马——鼻子、眼睛，甚至嘴巴，都在很短的时间里表演怪动作。

幸亏老师都没有发现，我自认为。

放学了，老师把我留下来。

“‘舰长，’老师发现你的表情不是一般的丰富，看样子，你是得了‘挤眉弄眼综合征’，你爸爸妈妈知道吗？”

“挤眉弄眼综合征”，这个词语，我是从我妈妈那里听来的，妈妈对我这个怪毛病，没有紧张焦虑，反而满不在乎。

我点点头，不敢抬头面对老师，我怕那个“妖”在老师面前丢人现眼，使我难堪。

老师摸了摸我的头，说：“以后，老师不叫你‘舰长’，这样叫，你有压力。孩子，放松心情，努力画画，听说，经常画大海，心宽了，问题就消失了。”

走在放学的路上，心情格外好，脱掉外面的衣服，露出那件“舰长衫”，灰黑色的领带随风飘扬，时不时拍着我逐渐坚硬的像岛礁一样的胸脯，还有我的下巴。

“‘小鲸鱼’老师今天对我可好啦！以后，我用不着紧张了。反正，那个‘妖’我是不会轻易让它折腾我的。看样子，你一直很想对我说话，你要对我说什么呢？”

“我想告诉你，你将来当舰长了，可要把我带上，我能帮助你的，我能告诉你每一种海浪的危险性，还有可怕的暗礁藏在哪里。”“小鲸鱼”在我下巴下，翻滚着身子说。

“你现在不要叫我‘舰长’，长大了，我当上舰长，就带上你。”

“一言为定！”

“一言为定！”

匆匆忙忙走在绿树成荫的路上，心在飞扬，我用不着费力踮起脚尖，伸手摘下一片树叶，放在嘴边，鼓起腮帮，吹起姥姥喜欢唱的《军港之夜》，优美的旋律在城市上空飘荡、飘荡……

咚咚咚，有人敲门，进来的是同学肥肥。进门的肥肥迫不及待地冲到我面前，一股能把冷馒头温热的鼻气，让我后退几步。他把他的八卦压低声音告诉我。我一听，心一愣。“妖怪”得意忘形，鼻子一吸，眼睛眨一下。

我穿上那件衬衫，拉着肥肥的手直奔冯祥家。

“带上我！带上我！”是“小鲸鱼”在喊我。

我连忙返身，冲到卧室，套上领带，匆匆上路。

“听说你借了小巷里无车主自行车已经有好多天了，作为你的朋友，我不能不管。”人家是开门见山，我是进门就问。

刚从被窝里出来的冯祥是没有听清楚我的话呢，还是故意装？表情十分淡定。

我又重复一下，语气里多了几分咄咄逼人。

冯祥知道我的来意，脸红得如同掉了红油漆的腰鼓。

我来到他家窗前，肥肥在楼下等我结果。一阵风吹来，“小鲸鱼”用它的尾巴轻轻地拍了一下我的下巴。

我一低头，想听听“小鲸鱼”要跟我说什么，发现冯祥家的院子里一棵树旁，用铁链拴着一辆蓝色的自行车。

冯祥见我看到自行车，什么话也没有说。

“打算怎么办？”我的眼睛眨了一下，正常范围内。

“还到原处！”

“仅此而已？”鼻子稍稍抽了一下，略正常。

“嗯。”

“还是附上一张纸，写上借了多日感谢之类的话。”嘴巴没有异常举动。

冯祥眼睛一亮，然后眼光暗淡，扭扭捏捏，不肯写。

我拿起笔，笔尖流淌着一行行清秀的字体。

“小鲸鱼”在撞击着我燃烧的胸脯，我不顾它了。

冯祥骑着自行车，带着我，肥肥呼哧呼哧追我，手里举着手机，又在拍什么。

到了小巷，冯祥把自行车推到原处，把一张写满感谢的话，还有差点儿占为己有的话的纸条夹在把手刹车上。

第二天，老师骑着蓝色的自行车进入校园，这些都是肥肥告诉我的。

我的心一阵莫名的骚乱。

美术课上，老师这次没有讲乐理知识，而是题外的话，说着说着，眼睛一直看着我。

我心里嘀咕：“说好不给我压力，怎么又？……”

“长大了，要实现自己的梦想，当一名舰长，从小就要有像海水一样清澈的心灵，做错事敢于承认错误，就是好样的……”

我的鼻子抽抽了，眼睛眨了眨，估计嘴巴也变形了，这个模样，要是被美术老师捕捉了，画下来，那肯定是世界上最丑少年的画像。

过后，美术老师找我谈话，手里攥着那张纸条。

我一下子全身出冷汗。

正当我解释不清时，美术老师办公室门被人推开，进来的是肥肥，还有冯祥，肥肥打开手机，把还自行车过程的视频，给美术老师看。

美术老师看了，笑得很美，如同蒙娜丽莎。她在我鼻子上捏了一下，我感觉好舒服。

从此，我几乎告别了“挤眉弄眼”。

后来，这位美术老师去了远方。但愿我长大了，开着我的远洋舰，在世界另一个地方遇到她。

## 机智老师与搞笑学生

星期一早上，我抱着书包，因为书包上的一根背带断了，只能这样进校园。

同学李茂峰看见我说：“搞笑大神，看样子，你今天一大早要去炸碉堡去吧！”

“有你说的！”我抻着脖子爱搭不理。

走进教室，刚把书包放下，准备来一个笑话，让准备晨读的同学在乎我。忽然，感觉一个影子出现在教室门口。

我的第一反应：“老师来了！”心里咯噔一下。当我抬起眼皮，瞅了一下门口，人影已经“瞬移”到讲台。

我惊讶得张大嘴巴，准备好的笑话溜得无影无踪。

我对着眼前一位“不速之客”来个肉眼扫描：一顶崭新的黑色鸭舌帽，牢牢地扣在头上，鼻梁上架着一副黑色的墨镜，镜片表面反射出几分江湖侠客的冷酷，镜片边缘飘出几分“匪”气。酒红色的半长风衣遮住大半个身子。

这是谁呢？不会是巧妙伪装、潜入校园的人贩子吧！我心头一惊，全身冒冷汗。

教室里，同学们窃窃私语，高声怕惹怒“不速之客”。

“是谁呀！”李茂峰揉了揉眼睛，想看得真真切切。

“是谁呀？”袁德心挠挠后脑勺，想一下子得到答案。

还有的不说什么，一副外表沉着，满不在乎的样子，其实内心在狂抓。

大家对眼前的“怪物”，不敢确定是谁。

我心里嘀咕着：眼前人物穿着打扮绝对不超过四十岁，而我们的语文老师孔老师已经58岁了，不可能这么潮，平时虽然不是土得掉渣，但也不是多么辣眼睛。

有头脑的李茂峰，嘴巴对着电话手表，准备报警，同桌拦下：“看身高没有变化，看走路的神态也没变化。”

我仔细一瞧，伸着脖子对同桌说：“从大体轮廓观察，和进教室足有几分钟还没有‘下手’来判断，来者不会是心怀鬼胎的人！”

正当大家纷纷猜测不已时，“神秘人”开口说话了。

熟悉的声音一下子惊到大家，原来是我们的语文老师孔老师。

接下来这篇关于人物外貌的作文，就是今天孔老师的重头戏。孔老师一直说自己是孔子的后代，难怪这么睿智。

我由于观察仔细，我的作文没想到被老师表扬一番，“不愤不启，不悱不发”。说得我心里甜滋滋的，我第一次尝到学习的甜头。

一天午习课上，大家埋头做作业，我看见大家忙着做作业，教室里空气沉闷，心里痒痒的，一心想找个机会调节气氛，可是英雄无用武之地。

正当我发愁的时候，孔老师接到一个电话，匆匆忙忙地离开教室，临走时，扔下一句话："有朋自远方来不亦乐乎，我会一下朋友，你们先自习，我去去就回。"

我瞅准机会，眼睛一眯，嘴巴一歪，一个笑话冒出来了，站在位置上，清清嗓子："大家听好，我免费给大家讲一个笑话，笑不笑由你们，反正是免费的。话说，十岁的毛毛去医院挂水，看见护士说：'护士阿姨真漂亮！'"

护士说："夸我没有用，该扎针的还得扎。"

毛毛说："掉了一颗牙，影响坐爸爸的宾利车兜风吗？"

护士说："不影响，但是吹牛皮有点儿漏风。"

教室里一阵骚动，胆小的尽量压住声音哧哧地笑；胆大的，发出声哈哈大笑。

女生们不敢轻举妄动。

我感觉还没有过瘾，于是放开胆量拿女生调侃。

然而，教室里更加静了，没有笑声。我纳闷了，抬眼一看，语文老师不知道什么时候已经站在门口了。

又是一天，孔老师兴致勃勃地来到教室。

一到讲台，就把带来的盛满清水的水杯，还有一枚圆溜溜的鸡蛋搁在讲台上。大家不知道葫芦里卖的是什么药。

"同学们，今天老师为你们做一个有趣的实验——鸡蛋浮起来。请同学们认真观察。"说完，把鸡蛋放进水杯里。

溜进水里的鸡蛋，像一位潜水员，一下子潜到杯底。

我们等了半天，未见鸡蛋在水里浮起来。大家面面相觑，都在怀疑实验是否能成功。

这时，孔老师从口袋里掏出一包鼓鼓囊囊的东西。我想：这神秘东西，估计是能让鸡蛋浮起来的灵丹妙药。还没有允许我继续往下想，孔老师把小包打开，往水杯里倒一部分，向一位同学借一支铅笔，轻轻地搅拌起来。

鸡蛋在水里懒洋洋的，欲想浮起来，又不想浮起来。

老师又往水里倒一些晶体状的不明物，晶体状的小精灵，在水杯里一会儿不见了。

这时鸡蛋似乎受到神秘物体的刺激（目前估计是盐了），从水底飘飘摇摇冒到水中，正当我们估计不再往上升的时候，鸡蛋似乎受到神秘物体的指令，一下子蹿到水面。

“鸡蛋浮起来了！”一片惊叹声，从教室里飘到书香校园上空。

接下来孔老师讲起鸡蛋在盐水里浮起来的科学道理，结尾老师又说：“在水里的鸡蛋，是我们班里一位不求上进的某某，他每天除了会讲几个笑了之后没有启迪的笑话外，再也没有闪光点。‘学而不思则罔，思而不学则殆。’这样的学生，如果不给压力，他就永远沉在底下，只要给它像盐一样的动力，它便会抛头露面，崭露头角，将来才有底气站在舞台上，‘工欲善其事，必先利其器’……”

一句话说得我不好意思，以后的日子里，我认真地学习。校园艺术节上，我表演了一段单口相声，博得在场人的热烈持久的掌声。

## 黎明前的黑影

黎明前的月是那么寒冷，星是那么孤单。

晨曦中，两个恐怖的黑影时隐时现。一个黑影头顶上不时放出令人寒战的光，另一个黑影的头顶像一只黑锅扣在上面。

黑影像幽灵一般，一会儿钻进灌木丛，一会儿从大树背后冒出，让黎明前的黑夜显得不寒而栗。

丛林深处，偶尔传来动物落入陷阱的惨叫声、绝命的呼喊声。

毛骨悚然的声音惊动树上的鸟儿，夜鸟扑棱棱飞起，又没有选择地落下。

天开始亮了，美好的一切似乎开始了。

黎明前的阵痛难以置信。

“该死的偷猎者，等我长大了，我要报仇！妈妈，救我，我走不了啦！啊！疼死我了！”

一只名叫皮里的幼虎，中了偷猎者的陷阱，后腿折断，又被夹子死死地夹住。

喊声惊动了皮里的妈妈，它听到喊声，心急如焚地赶到皮里身边，看着皮里痛苦的样子，它愤怒地冲向林子里的小木屋。

“喂！发怒的母老虎，不要把火发错了地方，你给我站住！”邻居恢恢狼追了上去。恢恢狼告诉皮里的妈妈，小木屋里住着一位中年人，他心地善良，经常救护受伤的动物，不会做出伤天害理的事情。

皮里的妈妈边跑边说，这些它都知道，它是前去求他帮个忙，它知道，这个小木屋是动物救助站，皮里的妈妈小时候待过一段难忘的时光，绝对不会伤害他的。

恢恢狼知道自己刚来不久，没有皮里妈妈知道得多。

皮里的妈妈越过篱笆，冲到木屋的门前，一阵拳脚相踢。由于爱子心切，动作粗鲁到了野蛮疯狂的地步。

整个木房子摇晃起来。

屋子里的人从床上爬起来，匆忙中取下墙上的猎枪。

差一步赶到的恢恢狼往门缝里一瞧，屋子的主人不是那个中年人了，是一位少年。

他动作很笨拙地端起枪，对准门缝外的皮里的妈妈。

恢恢狼拉着皮里妈妈的尾巴：“快跑，他只要扣动扳机，你就没命了，皮里不能没有妈妈，我们不能蛮干，找找别的办法！”

来势汹汹的虎与狼，被一根还没有冒出子弹的猎枪吓得如此狼狈逃跑，少年有几分诧异。

这个少年名叫林林，是护林员的儿子。虽然才 12 岁，但长得人高马大，活脱脱像一个大人。他放暑假了，来到爸爸身边，体验护林生活，与动物近距离接触，准备写下精彩的日记，过一个有意义的暑假。

皮里妈妈与恢恢狼仓皇逃跑后，受了惊吓的林林用一根木棍死死顶着木门，防止它们杀个回马枪。

“嘭嘭嘭”！谁在敲门，林林心里一阵紧张，他想，老虎与狼改变战术了。他非常清楚，关键时刻不能开门，一人在家，对付凶猛的野兽实在是鸡蛋碰石头。

要是爸爸回来怎么办？岂不是太危险了吗？不，爸爸是护林员，不知道救了多少动物，爸爸说过，动物是有感情的，它们都认识爸爸的，连爸爸的声音它们都听得出来。

“开门，开门，林林！”林林一听，是爸爸回来了，他连忙打开门。

爸爸一进屋，林林扑在爸爸的怀里。“受什么威胁了，还是看到动物之间感人的一幕啦？”爸爸问林林。

林林把虎狼攻击小木屋的事情说给爸爸听。爸爸一听，二话没说，背起药箱，把一只黑色的鸭舌帽扣在林林的头上，拉着林林的手，门都来不及关，往外走。

“爸爸，去哪里？”

“去虎背岭，它们遇到麻烦了。”

嘟嘟嘟，森林里，一辆黑色越野车，一会儿左拐，一会儿右拐，在虎背岭不远处的大石头旁停下。

站在树上望风的长臂猿，看见又来个黑影进入森林，发出特殊的声音，动物们马上进入紧急状态。

从车里走下一胖一瘦两个家伙，胖子光着头，在冰冷的晨光里散发出不寒而栗的光，瘦子戴着黑色的鸭舌帽，像一口发黑的千年棺材。

他们一前一后，贼头贼脑，在寻找什么。

皮里妈妈看见来人手里拿着枪。枪，可怕的铁管子，皮里妈妈与恢恢狼商量，暂时躲避一下，摸清情况再下手。

“光头，有收获了，一只幼崽。”鸭舌帽兴奋过度。

“嗯，今天至少没有空手而归。来，抱住它，装上车，卖个好价钱。这一下我们发大财喽。”

恢恢狼悄悄地对皮里妈妈说：“皮里妈妈，采取行动吧！要不晚了，皮里被他们带走，那就麻烦了。”

“不，时机没有成熟。”

“什么时机不时机的，事不宜迟。”恢恢狼着急了。

“我们能拆卸恐怖的夹子吗？”

恢恢狼使劲儿地摇头。

“那只有等他们拆开夹子，我们再冲过去，一对一，你对付光头，我对付鸭舌帽。”

“皮里妈妈，你真聪明！”恢恢狼对皮里的妈妈夸赞道。

光头抱着痛得发抖的皮里，鸭舌帽利索地拆下夹子。皮里几乎没有力气挣扎。夹子拆好了，二人准备离开时，皮里的妈妈一声长啸，一股让树叶纷纷落下的劲风，穿过林子，横扫光头、鸭舌帽。光头、鸭舌帽感觉后背发凉，回头一看，是一只虎视眈眈的老虎，他们连滚带爬丢下皮里逃命。

皮里的妈妈赶到皮里的身边，不停地舔着皮里的伤口。皮里眼里满是痛苦的泪水。

恢恢狼侧头，不敢看乖乖虎痛苦的模样。长臂猿在树上狂躁不安，跳来跳去。

“皮里的妈妈，你们赶快跑，记住，带着受伤的皮里！”长臂猿在树上呼喊着，“那个戴鸭舌帽的人又来了。”

“贪婪的人类，我们相处无碍，为何一而再，再而三不放过我们！今天我们决一死战。”皮里的妈妈号召森林里的动物们马上进入战备状态。

皮里的妈妈一声令下，森林里的动物都跃跃欲试，准备大战人类，连大象也来助阵。

林林感觉森林特别好玩，高高的树，奇异的花，一切都是童话里描写的那样美丽。他跑跑跳跳，早已把爸爸甩在后面。林林走到哪里，哪里的动物都纷纷隐蔽，个个怀着敌意，似乎要吞掉他。林林感到不解。

“呼”地一下，一股凉风如巨浪扑来，皮里的妈妈一个跃步，冲到鸭舌帽跟前，林林被突如其来的状况吓得瘫倒在地，两手支撑，一步一步往后移动。

长臂猿高喊：“就是他，戴着黑色鸭舌帽的，就是他。”

愤怒至极的皮里妈妈，想到自己的孩子受到如此伤害，张开血盆大口，挥舞着强有力的爪子扑向倒在地上的林林。

绝望时，林林大喊一声：“爸爸。”林林的爸爸听到儿子凄惨的喊声，声嘶力竭地喊着林林的名字。

动物们听到林林爸爸的声音，停止一切行动。

他冲到林林旁护住林林：“皮里的妈妈，我是护林员，我一直保护着你们，他是我的孩子，刚来几天，连枪都不会拿，怎么是他下的夹子呢？”

皮里的妈妈看到熟悉的护林员，看到那只熟悉的药箱，马上收起怒气，好像见到救星一样，张开双臂奔过去：“护林员，救救我的皮里！快！”

吓出一身冷汗的林林爬起来，林林把看到的一切写进心里。

爸爸打开药箱，替皮里清洗伤口，林林当爸爸的助手，替皮里包扎。

“皮里妈妈，我看错了！”长臂猿手搭凉棚，“我看到真正的黑影，他们正在逃跑，快追！”

皮里的妈妈吩咐家人照看皮里，自己带着其他伙伴们，顺着长臂猿手指的方向去追黑影。

护林员及时报警，警车呼啸而来，布下天罗地网，来个瓮中捉鳖，两个偷猎者落入法网。

林林回到小木屋，阳光赶走了黎明前的黑影，满屋子都是阳光，他伏在桌子上认真地写暑假日记。他在日记的扉页上写着：

黎明前的黑暗是暂时的，不久，人与动物友好相处的日子如阳光一样如期而至……

# 躲在靴子里的沙粒

十支蜡烛点亮啦，橘黄的烛光在微风中摇曳，可是，爸爸还没有回来。

面对微微舞动的烛光，童可可的心如同眼前摇头晃脑的烛光，对爸爸食言感到不能理解。爸爸答应回来与童可可一起过他的十岁生日，却等来了爸爸的信息——“爸爸没空！望儿子谅解。”

他托着腮沉思，两年前到月亮河沙滩游玩的事，至今历历在目。

那是一个星期天，吃完早餐，童可可和他妈妈带着铲子、水桶等工具，来到黄树林公交站台，等待开往月亮河的黄树林巴士。

黄树林巴士，带着快乐，穿过城市街道淡淡的雾气，摇摇晃晃地来了。童可可和妈妈上了车。

一路上，小鸟追着巴士飞，偶尔飘落的橘黄色树叶，像蝴蝶一样掠过车窗的玻璃。

黄树林巴士呼哧呼哧到了月亮河。

童可可的妈妈抄起铲子，堆起沙子，一会儿磨平棱角，一会儿抠了一个小洞。一条小鲨鱼显现了。

童可可学着妈妈的样子，堆起，铲平，修边，就是不像海龟，倒像是一只妈妈烧菜的平底锅。

不一会儿，妈妈的沙雕完成了——一条活灵活现的小鲨鱼，静静地睡在沙滩上。童可可用圆溜溜的眼珠瞅着妈妈的小鲨鱼，羡慕极了。在妈妈的帮助下，童可可很快完成了“海龟戏沙”的作品。

忽然，一阵风刮来，把童可可蓝色的水桶吹到月亮河上。童可可吵着要水桶，可他妈妈不打算捞了，因为水桶越漂越远了。

这时，一位穿着橘黄色上衣的叔叔路过，看到此情景，“扑通”一下，跳进水里，捞起蓝水桶。

母子二人非常感激。

妈妈指着渐渐远去的橘黄色的背影，对童可可说：“童可可，你爸爸是云雾山景区的工作人员，他像这位叔叔一样，每天穿着橘黄色工作服，系着保险绳，到半山腰捡游客随意丢下的瓶瓶罐罐，还有风刮下来的食品包装袋。”

从此，童可可对世界上的橘黄色有了特殊的感情，它像一朵暖暖的橘黄色的云朵，在他心里飘荡着，他打心底里佩服爸爸。

童可可一天天长大。

“快吹呀，可可。”妈妈在一边催促。发愣的童可可一下子回到眼前。他鼓起腮帮想吹灭蜡烛，可是，有一支就是不愿意熄灭。他从蛋糕里拔出没有吹灭的蜡烛，举着它，噔噔噔直上了家里的阁楼。

妈妈问他原因，他头也不回。

来到阁楼，童可可手忙脚乱地找到两年前，去月亮河沙滩玩时，穿的那双黑色靴子。他想到，白天答应过李豆豆送靴子给他，李豆豆家里猫生了宝宝，他要把靴子送给李豆豆，让李豆豆家里的猫有个温暖的窝。

他看到已经不能穿的靴子，想到自己的童年，感觉时光将一去不复返。他留恋地，刚要把脚伸进已经不能穿的靴子里，想找回点点滴滴的过去。只听见“啊”的一声。童可可连忙收住脚。

他不能确定“啊”的声音是不是自己发出来的。

童可可不敢再把脚伸进靴子，他拎起靴子，靠近烛光一看，没发现什么。倒是倒出窸窸窣窣的细沙。

他“啊”地叫了一声，这一回肯定是自己叫的。

“是沙子！是沙子！”

金黄的沙粒泻在灰色的地砖上，那图案让他惊呆了：一摊不规则的沙粒，如同一个穿着黄背心的人，几粒沙粒成一条直线，像一条悬在半空中若隐若现的绳索。灰色的地砖，就是灰色大山的背景。他连忙在粗糙的作品上，用手指划动几下。一幅清洁工人半山清理垃圾的画面呈现在眼前，让他的心，久久不能平静。

听到“啊”的叫声，妈妈连忙跑过来。

“妈妈，你来看，这多像爸爸在云雾山清理垃圾。”童可可指着地上自然的杰作说，“妈妈，我要学沙画。”

妈妈欣喜万分地点点头。

童可可放好蜡烛，把地上的沙子，一点儿一点儿地收起来。从此，童可可把这些颗粒当成自己的宝贝，一有空就玩沙子。随着时间推移，童可可已经玩出了花样。

妈妈看他有学沙画的天赋，就把他送到少年宫专业沙画老师那里，专业学习沙画。

一晃三年过去了，童可可已经十三岁了，在沙画艺术走廊里，他用粒粒细沙塑造童话世界。

粒粒细沙，握在掌心，当落下的时候，已经不是沙粒，而是能变成图像的文字。

捧着细沙，与其说是画画，不如说是诉说，诉说对爸爸的思念与牵挂。

童可可已经是六年级的学生了，长成一位帅气的小伙子了。再过一个月，他就要代表学校参加区“青山绿水杯”艺术比赛。他表演的是一幅沙画，主题是“爱”。

为了能为学校争荣誉，窗外，点点星光；屋内，童可可沉浸在艺术氛围里。你看他神情专注，眉宇间飘逸灵气。一指在沙台上，轻轻一扩，一个美丽的弧线由小变大。晃动手腕，细沙如听话的孩子，落在弧线的外侧，数根细细的毛微微翘起。

这是什么样呢？是一双眼睛吧，对。那是一双什么样的眼睛呢？小画师童可可的掌心里泻下一缕黑色颗粒，不偏不倚，落在弧线中央。一颗眼珠子诞生了。活灵活现，扑闪扑闪的。那是一双灵动的眼睛。

小画师童可可笔锋一转，用手指随意一画，睫毛就垂下。一双忧郁的眼睛，通过眼睛可以看出主人美丽，有诗书气，但又多愁善感。画师又在眉脚处，移挪数粒，眼睛里多了几分冷傲。

在沙画师摇臂挥洒下，有了清秀的脸，有了挺直的鼻子，有了一张樱桃小嘴，有了一头黑发。在一旁既当观众，又当评委的好朋友李豆豆、石默子惊叫起来：“林黛玉！”“林黛玉！”“哇，太神奇了！”

咚咚咚，有人敲门，童可可打开门，看到妈妈带来水果、牛奶。

“李豆豆，石默子，你们是童可可的好朋友，多提宝贵意见，书上有这么一句，‘艺术只有在儿童眼睛里才能体现真实与美丽’。”

“童可可的沙画可以说巧夺天工了。”李豆豆眼睛里放出异彩。

“童可可的沙画稳拿冠军。”石默子也一个劲儿地夸。

童可可的妈妈把苹果削好，分给大家：“我接到你们班主任发来的信息，说这一次比赛，主办方要求把‘爱’融进青山绿水中。”

童可可一听，感觉有点儿犯难了——人物画是他的拿手好戏。

“明天我们去月亮河体验生活。”李豆豆跷起大拇指，指着自己的鼻尖：“我陪你去。”

“你爸爸没空，我叫我爸爸开车，我们一起去。”石默子给快要泄气的童可可一个劲儿地打气。

星期天的早上，他们来到月亮河。阳光穿过树林，直射到一块巨石上，巨山就在涓涓溪流旁。高山流水，一缕瀑布直泻而下，滴穿脚下的巨石。

一鸟独鸣，一切宁静得如同婴儿初到世界上，一声啼哭，都是那么宁静悠远安详。巨石上，童可可陶醉其中。飞瀑直下，如白色的绸缎从半空中抛下。童可可扬起手臂，考虑手臂的高度，以及摇摆的幅度，这样就可以把握沙粒垂落的均匀度。线条的粗细，轮廓的深浅，山水的灵韵，沙画的主题，都在他心里。

“我的沙画师，天色已晚，灵感找到了吗？”李豆豆他想早点儿回家，因为美丽的风景让他对那头疼的作文有了头绪。

童可可准备返身，忽然看到对面半山腰，一位穿着橘黄色工作服的叔叔在那儿晃悠。是采药材呢，还是？他连忙举起带来的手机，把美好的镜头拍下来。

时间飞快，一转眼就到了区里艺术节汇报演出的时间。

舞台上，童可可挥洒细沙，脑海的灵感跳跃，一会儿是靴子里的沙粒泻在地砖的图案，一会儿是在月亮河体验生活看到的镜头：一座山、一条灵动的河、一条跳动的瀑布、一片软绵绵的沙滩、一堆黄色沙粒。在他手指一撇一拖下，就成了飘在空中的云朵，云朵变成了一件橘黄色的衣服。揉捻之间，青色的山峦，银色的河流，雪白的瀑布，摇摇欲坠的绳索。沙粒一会儿变粗，一会儿变细，那是一根晃动的绳索。一位清洁工人在绳索上，一上一下。山，更加清秀了，水，更加清澈了。

偌大的剧场，座无虚席，评委们看到如此有爱的内涵故事，纷纷亮出高分。

童可可完成作品后，像一只快乐的小鸟，回到自己的位置，等待比赛的结果。

刚坐下，忽然，一只手搁在童可可的肩膀上，童可可回头一看，朦胧中看到对方就像自己沙画中的主人公。他感到诧异极了。

忽然切换灯光，昏暗的剧场里，一下子亮如白昼。明亮的灯光里，他看到好几年没有看到的爸爸，便一下子扑到爸爸的怀里。

# 愤怒的拳击手套

一副拳击手套挂在窗口。风，似乎在试探手套的力度，一个劲儿冲着它挑衅。

黑色打底、红色渲染的拳击手套，在风中颤动，那是一种咬牙切齿愤怒的颤动，一副盛气凌人的架势。

“朋友有难，出手教训那个无赖呢？还是……”躺在床上的高帆辗转反侧。他忽地坐起来，窗外，夜色渐浓。一会儿套上手套，一会儿摘下。愤怒的样子，眉毛竖起，犹如一把锋利的剑。

高帆，六（3）班，一个高个子男孩，白皙的肤色，青涩的眼神，渐浓的胡须，冷峻的笑容，宽阔的肩膀，一切让人感觉，在他身上，处处能发现躁动不安的青春的痕迹。

开学不久，接班的班主任还没有做好心理准备，高帆就开始“猎虎”行动了，尽管五年级的班主任对新的班主任说过，这是一位很难对付的学生，上网、逃学、打架，是常有的事。

细雨蒙蒙的一天，班里的纪律委员火急火燎地告诉班主任葛老师：“高帆与5班的学生打架。”

有点秃顶的葛老师一听，疾步奔过去，头顶上一缕头发，迎风竖起，像一只黑鹰。还没有到教室，教室旁走廊里，已经围了一群看热闹的人。

高帆在人群中间，白皙的脸已经是愤怒的白，眉毛一挑一挑的，怒火在烧，左手衣袖撸到肘关节，握紧拳头，右手捏着似乎听到响声的拳头，摆着防守与攻击架势，对方看架势已经蔫得一塌糊涂，耷拉着脑袋。

葛老师拨开拥挤的人群，没有吼，没有命令，只是帮他把撸到小臂拐弯处的衣袖亲手理下，拍拍他宽阔的肩膀。

此刻，上课铃声响起。

事后，葛老师在办公室里训斥了他。

桀骜不驯的高帆并不是不把老师放在眼里，至少，抬眼看了一眼，清澈的眼里满是善意与悔意。

高帆在海边长大。父亲与前妻离婚后，入赘当地，他是“拖油瓶的”。父亲是当地一家大型家纺公司老板的司机，一年到头，跟着老板走南闯北，他的学习事儿，交给了后妈。5 班的一位学生，笑话他，于是他愤怒至极。

“冲动是魔鬼。”这是谈话的结束语。

事后，葛老师破天荒地推荐高帆担任六（3）班纪律委员，由他负责本班的纪律。开始，同学们的反应是：张嘴的、僵脖的、瞪眼的、捂嘴的、小声议论的……

葛老师把高帆的优点说了一大堆，同学们用热烈的掌声一致通过。作为一名班级纪律委员，他比以前懂事多了，他不但能约束自己，也能管理好班级。

一个周六晚上，葛老师重感冒，下班匆匆扒了几口饭就躺下休息，忽然，手机响了。“葛老师，能不能去我家一趟，高帆发火了，他要拿拳头打人！”从她急促的语气中，葛老师知道情况不妙，翻身起床，推车就走。

不到十分钟的路程，似乎走了半个小时。冲到现场，只见几个六十多岁的老人围住了一位老人，个个神情紧张又恍惚。

被围住的是他的姥姥，看样子，之前是经历了一场争执，几位老人是来充当和事佬，保驾护航的。愤怒的高帆，此刻在哪儿呢？

葛老师跟他的妈妈进了另外一间房间，是卧室兼书房。他，单腿跪在床边，一手紧握躺在床上的六七岁的小男孩的左手。另一只手拿着枚海螺，似乎在哄他的弟弟。他的表情比躺在床上的小男孩还要痛苦。

他的妈妈说：“他弟弟白天骑木马，不小心摔伤了腿，是姥姥一直带着弟弟。他放学回家，得知这情况，把一切责任都归咎于姥姥。”

这位姥姥，准确地说是弟弟的姥姥，是后妈的母亲，与他没有血缘关系，只有亲情维系，他爱同父异母的弟弟。

趁着紧张的空气还没有完全散尽，葛老师扫视了屋子，床头旁有一张写字桌，上面整齐摆放着书，一盆吊兰格外绿，台灯下，英语作业平铺着，床头柜上搁着一碗快要凉的面。

葛老师一直面对着他的背影，肩宽如横梁，后背如峭壁，一头短发，一根根如同钢筋森林。刚毅与桀骜，青春与躁动，在他身上随处都能找到。

他的妈妈凑到葛老师面前，说：“把他带到你家，住一夜吧！”“有什么事情到我家，与老师好好说说。”葛老师走过去把他扶起，他很配合老师的动作。

望着青春之眼里浅浅的泪水，葛老师一伸手把他揽在怀里，他的头高过了老师肩膀。他收拾好书包，什么也没有说，跟着老师上车。

第二天早上，葛老师早早地起床，带着他去学校，在学校附近一家面店，点了两碗大排面。他狼吞虎咽，葛老师把自己碗里的排骨夹给他，他没有拒绝。到了放学的时候，葛老师问他："是到我家，还是回家？"他笑笑说："回家！"

葛老师没有过多的语言，他知道，对于这样初露青春锋芒的学生，一切的语言都是无效的合同。

葛老师送给他一副拳击手套，他似乎明白了什么。

"手套上的黑色是邪恶，红色代表正义，也代表血腥。希望你记住老师的话，下一届校园艺术节上，能看到你精彩的正义战胜邪恶的表演。对同学、亲人，摘掉手套，握着别人的手……"老师理了理不多的头发。

"咚，咚，咚……"文明古城的一座城楼上，一面古老的时钟敲了十下。

七月的一个夏夜，天特别热，热得空气异常。紧接着雷声大作，雨点狂砸下来，噼里啪啦的雨声在夏夜里跳跃、穿越、奔走、飞扬……

大街上，一家拳击馆里，高帆正对着沙袋练习出手的动作，像雨点一样猛击，沙袋似乎要开膛破肚。

"这事儿一定要替朋友摆平，否则对不起朋友。"一番思考后，他约那个无赖，在街上报亭旁一根电线杆下讨公道。高帆摘下挂在窗口的那副手套，一边走，一边戴上，急匆匆地夺门而出。

“救命呀！救命！”一声凄惨的叫声，划破夜空。

高帆收住脚步，定睛一看：一个瘦子夹着包慌乱逃离，一位阿姨在后面奋力追。

高帆一个箭步，左手弯成金弓，作保护自己状，右手坚如铁锤，迅疾出手。逃跑的瘦子感觉一阵风从背后袭来。一转身，一拳砸在瘦子鼻梁上。瘦子丢下包，痛苦地捂着鼻子，逃之夭夭。

阿姨捡起包，连声对高帆说：“谢谢你，小伙子！”

围观者议论纷纷：“这小伙子真勇敢。”“社会就是需要正能量。”“正义从不缺席。”

高帆第一次被人家称呼“小伙子”，羞涩与成熟让他不知所措。甩了甩有点儿发疼的手，消失在夜色中，直奔那根电线杆。

高帆如约到了电线杆那儿，一个熟悉的身影让他心跳加速，那个“无赖”，正搀扶一位老人过斑马线。

“我错了！”“无赖”低着头说。

高帆摘掉手套，伸手一把拉住“无赖”的手，一抹橙色的路灯光线，把两个人的身影拉得好长好长。

# 银环月呀，银耳环

## 一

一片乌云吞噬了银环月。

八十九岁的太爷爷住进重症监护室。

听爷爷说，太爷爷的心脏上一根线传导发生障碍，随时都有可能心脏骤停。他似乎又在等待什么，不愿离开这个世界。

这几天，爷爷忙里忙外。

他带我到黄金珠宝店，我感到困惑。到了珠宝店，爷爷直奔售卖银饰的柜台，我紧跟其后。银手镯、银耳钉、银元宝，银耳环……让人看了眼花缭乱、怦然心动。

爷爷问我哪一款银耳环好看，我不知这方面知识，回答都好看。

爷爷似乎没有挑到称心如意的一款。他买了一款后，带我去了金银加工点。爷爷从口袋里掏出一张折叠好的纸，打开后，是耳环的图案。他让店里老板把刚买的银耳环加工成图中的模样。

我真的不知道爷爷为什么在太爷爷临终前，对银耳环如此痴迷。

回到家，脑海里翻腾着爷爷曾经对我说的话，似乎有了一种合乎情理的解释。

爷爷说，他十几岁的时候，太奶奶在一个上弦月的日子里走的。从此，太爷爷既当爹又当妈，把爷爷兄妹四个拉扯大。

太爷爷是个木匠，木工活儿做得精细，照顾爷爷兄妹四个也很细心。

重症监护室里，太爷爷插了好多管子，这一下，太爷爷要去找太奶奶了，他们分隔了太久太久。

黄昏时分，夜幕初临。千家万户都在自己生活的舞台上上演着真实的故事。

“你说大雁南飞后和我一起走，我知道这是给我最大的迁就……分隔了彼此的温柔……分别那一刻也是心碎的时候……”

对面一幢楼，飘来歌声，是一位叔叔唱的。

我推开窗户，静静聆听。我也不知道从什么时候开始也喜欢略带伤感的旋律了。

抬头看天空中的月亮，那月亮像太爷爷曾经为我们做过的水煮鱼片。

好想太爷爷了。

一朵厚厚的云遮住月亮，而此刻的云朵多像一张慈祥的脸庞，月亮多像挂在耳垂上的银环。

看着看着，不禁陷入沉思，不知不觉走进爷爷的那个故事里。

## 二

那是半个世纪前的故事，那一年，爷爷十四岁。

春末夏初的一个夜晚，上弦月挂在半空中。

“华仔，家里一点儿粮接不上了，你去姑婆那里借一点儿……”妈妈说完，背过身，一声叹息，留给空荡荡的屋子。

妈妈看好我，她知道我能把事情做好，就把借粮的事儿交给了我。

“可我明天要上课。”我第一次拒绝。

“大家总不能饿着肚子。”妈妈摸了摸我左耳的小耳环期待我能答应。

看着妈妈迫切的眼神，我点点头。

我知道，如果我不答应，妈妈又要拿家里值钱的东西去当铺典当。

第二天，我匆匆赶路。半路上飘起细雨，为了早点赶回家，我一路小跑，任凭雨滴打湿我冒着热气的头发。

快到家时，看到班主任邱老师坐在我家里的板凳上，估计是为我逃课的事件来家访。

我站在门外，不敢进来，怕让老师知道我家断粮，被老师知道了，多没面子。我悄悄把装玉米的白色袋子搁在门背后，然后低头站在老师与妈妈中间，任凭他们发落。

一杯为老师沏的红糖茶正冒着热气。

那包红糖是妈妈身体老是闹病，托人买的。老师并没有过多的批评，只是为我没听到课上的一些重要知识感到可惜。临走时还没有忘记夸我好，是好苗子。

为了一家人不饿肚子，才迫不得已少上一节课。妈妈看我被难题缠住，歉意挂在脸颊，在我旁边不如何是好。

## 三

初夏的晚上，夜色还是微凉。水中的月影被水波荡碎了一河。

我蹚过被河水漫过的堤坝，忍受着冰冷的河水直扎心底的冷，带着那题的解题困惑，去问住在家门前小河南面的班长。

回来的时候已经深夜了，我披着疲惫的月光，准备再次走过被河水漫过的堤坝，发现一个人影，我一愣，心里有点儿害怕，仔细一看是妈妈站在河南岸柴堆旁，等我回家。妈妈要背我过河，我拒绝了，理由有点多。

回到家，我一声不吭地整理书包，一直不理睬妈妈。

“是我让你借救急粮的，耽搁你学习。”妈妈看着我，估计说的话未中要害，又补充一句，“再说，我身体好多了。”

妈妈像一位做错事的孩子，在我旁边忙着替我收拾书包。她的每一个动作让我眼睛湿润。她连忙为我泡了一杯红糖茶。

我终于开口：“妈，我不是为落下功课而生您的气，而是您的身体……您把它喝了，我就不跟您置气。冰冷的水，你是不能碰的。”

妈妈拗不过我，就把红糖茶喝了，剩下一口给我。我感觉这茶好甜好甜，趁妈妈不注意，我用舌头把碗舔了个遍。

妈妈看到了我的举动，我们都笑了。

在学编织的姐姐听到笑声，走出里屋。

“妈妈，你的耳环听你说是姥姥给你的陪嫁。家里再困难，也不要动它。今天西院二妞姐说，我们这里的风俗，人走的时候，嘴里要含银饰之类。二妞看到她舅妈走了，就是这样的。”

大姐大概白天听了二妞姐说的话还没睡。

妈妈站在镜子前，对着镜子里的她似乎在看什么。

大姐把我拉到里屋悄悄地说：“听我们姐妹说，我们这里的风俗，嫁女都要陪银饰，等老了那一天，嘴里含着银饰，才可以见阎王爷。我们千万不要让妈动耳环的心思。”

我听了，点点头。

“你爸爸在外面倒好，也不捎一点儿什么回来！”妈妈在埋怨爸爸。

爸爸是一名木匠，爸爸常说，荒年饿不死手艺人，可是，那个年代，自己挣几个钱，一家老老小小也难维持。

## 四

初二阶段，学习紧张了。

油灯下，妈妈在纳鞋底，她一声不吭，只听到抽线的声音那么脆。呼啦一声，足可把墙角准备偷食的老鼠吓个半死。

此刻，我们兄妹四个都很听话，因为家里养了几个月的猪病死了。

妈妈很伤心，她想把猪养大了再卖掉，解决一下眼下的困难。

兄妹四个，大姐不上学了，哥哥没有我成绩好，妹妹还小。

一家人都把希望寄托在我身上。

“妈，我想买一本复习资料，同学们都买了。”我已经开口了，后悔都来不及了。

“重要吗？”妈妈用针尖在头发上刮擦了几下。

我点点头，不知道妈妈有没有看到。看到和看不到没有多大区别，妈妈知道她的问话是多余的。

“你放心念你的书，书的事情妈妈来解决。”妈妈很坚决，没有了死了猪的悲怛的情绪。

没过几天，老师叫我去学校门口一趟，说是我妈来找我。我心里忐忑不安。

我三步并做两步，来到校门口。

妈妈从她的怀里掏出一本书。

“我在你校西边书摊上买的，我看了好多家长都在买，我也……”

我接过带有体温的书，一看，傻傻地站在那里。

妈妈买的是一年级课本。

妈妈看我反应怪怪的，我的表情不得不让她连忙解释：“儿子，你妈不认识字儿，‘一’字，我认得的，这本书就是教孩子拿第一……”

妈妈见我不高兴，连忙把笑容藏在皱纹里：“花不了几个钱。”

我怕她知道买了一本几乎没有用的书而伤心，连忙说：“好的好的，我去上课了，路上小心。”

我揣着书，走了几步，一回头，看到妈妈的笑从嘴角一直荡漾到耳根。忽地，我发现了什么，心，抽搐了一下。

我把妈妈买的一本书，藏在书包底层，想方设法向同学示好，以此能借到最新版复习资料。

也许妈妈的书是征服高山的秘籍，我如愿考上了师范学校。

妈妈由于积劳成疾，就在我上师范的路上，她走了，嘴里没有含着银耳环。

## 五

太爷爷在痛苦中等待着什么，爷爷的兄弟姐妹都到了，晚辈几乎到齐了，太爷爷还是没有闭上眼睛。

爷爷挤进来，在他手里塞了一枚银耳环。太爷爷嘴动了一下，似乎要说什么，然后既留恋又欣慰地闭上眼。

我知道了，是太爷爷要把这枚银耳环带给太奶奶。

这是半个世纪的一份牵挂。

# 钻石戒指不翼而飞

## 惹事的花粉

“……自从学校社团开展以来，冠华小学六年级同学成立侦探小组，配合我所成功侦破大小案件五起，今天把‘小侦探’这个称号，送给贵校六（1）班程二思……”

陈柳柳一觉醒来，耳畔回响着昨天所长在学校大会上的话。

“哼！五起中有两起是我的功劳，程二思，你等着吧，我也有让所长把‘小福尔摩斯’称号送给我的一天……”陈柳柳一个鲤鱼打挺，起床了。

“儿子，今天是星期天，陪妈妈去罗叔叔家喝满月酒，罗叔叔的媳妇生了个胖小子。”妈妈一早来到陈柳柳房间。

陈柳柳一听到罗叔叔家去，想到他家有芦苇丛生的小河，有茂密的树林，还有大片油菜花地，适合模拟破案，就爽快地答应了。

母子俩驱车很快来到罗叔叔家，眼下正是春天，春暖花开，几十亩油菜花竞相开放，引来蜂飞蝶舞。

有几家养蜂的人家在林子里、小河边，搭了一个帐篷，几十只蜂箱，摆在帐篷四周。其中一户养蜂人家很特别，帐篷，不大；蜂箱，两只。

前来喝酒的人不少，陈柳柳对这个不感兴趣，他一个劲儿地与迷路的蜜蜂追打玩耍。

午饭后，罗叔叔家一位红衣女，大概是摄影爱好者，举着高档的摄像机，一会儿钻进花丛里，一会儿又钻出来，选择最佳的取景角度。

“啊！”红衣女尖叫一声，从花海里跳出来。“是不是被蜜蜂蜇了？”陪她取景拍照的罗叔叔上前关切地问。

“不是，我身上好痒！”红衣女顿时花容失色，哭丧着脸。

红衣女停止拍摄，匆匆到罗叔叔楼上的淋浴房里洗澡，她怕掉在身上的花粉引起过敏。

过了一会儿，红衣女神色慌张地走出来，罗叔叔关心地问洗澡后效果怎么样，却听说红衣女的钻石戒指被盗，他们连忙报案。

红衣女钻戒失窃的事情，在前来道喜的人群中传开了。

## 神秘的养蜂人

吃过饭准备到林子里模拟破案的陈柳柳，听到这个事情，警觉起来。

经验丰富的警员来到现场，拍照的拍照，提取指纹的提取指纹。

刘警官看到陈柳柳笑着对他说：“陈柳柳同学，你的消息真灵通呀，也赶在第一时间到达现场。这下好好露一手，协助我们，说不定，下一次，我们所长把‘小福尔摩斯’头衔送给你呢！”

陈柳柳想说点什么，刘警员一头钻进驾驶室，匆匆驾车离开现场，留给他的是一个鼓励而充满希望的眼神。

时间由不得陈柳柳多想，他趁大人不注意的时候，潜到现场仔细观察，发现淋浴房换衣服房间的排气窗子是半开着的，他心里想：这个半开的排气窗户，是不可能容纳人的身体爬进爬出，再说，窗户周围没有留下任何脚印、指纹，地上也没有。犯罪嫌疑人非常狡猾，看来，要破这起案子，有难度！

他早从《福尔摩斯探案集》里，掌握了作案人心理，嫌疑人为了转移警察的注意力，挖空心思，要么在现场留下假证据，迷惑警察；要么故意声东击西拖延时间，为转移赃物，掩盖事实争取时间……

想着想着，不知不觉来到罗叔叔家东边的小树林里，这个林子里，住着一户养蜂人家，主人三十多岁，头戴一顶灰色帽子，整个脸被一块灰色布遮住，只露着一双眼睛，养蜂人正漫不经心地整理蜂巢柜。奇怪的是，他家只有两只蜂箱。

好一个无私奉献的神秘人，平时只知道蜂蜜好吃，却不知道养蜂人像蜜蜂一样默默无闻。

一只小黑狗，在他帐篷门口趴在，偶尔打着喷嚏，估计是调皮的蜜蜂在它鼻子上蜇了一下，让它疼得打喷嚏。

忽然，一只灰白色鸽子，从养蜂人视线里飞进帐篷，一会儿又飞出来。养蜂人丝毫不动声色，感觉习以为常。

他想接近养蜂人，可还没往前跨出一步，神秘的养蜂人抖抖蜂巢柜，蜜蜂们一下子乱了方寸，到处乱飞。他连忙后退几步，抬头驱赶一只追他不放的蜜蜂。忽然，他看到了一只鸽子从不远处楼房顶上飞过来，很熟悉地落在帐篷顶上。

“这鸽子肯定是养蜂人养的宠物！”陈柳柳断定，养蜂人出门寂寞，多养一点儿宠物很正常。

## 擒拿“垂钓者”

陈柳柳想了半天还是没有想到，谁能盗窃钻戒不留痕迹？

正当他迷茫时，他看到林子后面一条小河边，一位头戴白色鸭舌帽的年轻人，正津津有味地垂钓。鸭舌帽的一个动作，让陈柳柳眼前一亮：啊，他的钓鱼竿能自动收缩，这不是很好的作案工具吗？钓鱼人利用手头自动钓鱼竿，只要人站在窗口外面围墙上，把钓鱼竿伸进室内，利用一头针钩，很快地可以钓到钻戒。对，就是他！

为了在对手程二思面前露一手，陈柳柳给程二思打电话，让他来。

没想到，程二思犹如神兵天降，很快从花地里钻到陈柳柳身边，这让陈柳柳很是诧异。

陈柳柳带着程二思来到围墙外，看到围墙外深浅不一的脚印，咔嚓咔嚓，把脚印拍了下来。

“我们现在接近钓鱼人，想方设法弄到他的鞋印。如果鞋印吻合，就可以电话通知警察叔叔了。”陈柳柳像所长吩咐警员一样，对程二思下达命令。

“好样的，我现在配合你，成功算你的。”

“一言为定！”

“一言为定！”

他们俩穿过树林，绕过养蜂人的帐篷。养蜂人的狗瞅见他们，狂吠几下。养蜂人听到声音，停下手上的活儿，眼神里闪过一丝惶惑，不安似的瞅了一下很快消失的稚嫩的背影。

“哎哟喂！我的鞋子掉进河里了！”陈柳柳哭丧着脸说。

“叔叔，能不能帮我一下？我朋友的鞋子掉进河里了。”程二思走到鸭舌帽跟前，语气近乎哀求。

鸭舌帽二话没说，蹭！蹭！蹭！来到陈柳柳身边，一按电钮，钓鱼竿吱吱吱，冒出好几米远，很快钩起漂在水面还没有沉下的鞋子，动作熟练得令人咂舌。

陈柳柳像一条特大的泥鳅一样，转身来到有鸭舌帽脚印的地方，拍下鸭舌帽留下的脚印。

谢过鸭舌帽后，两个人相视一笑。潜到围墙下，把围墙外面的脚印，进行比对，发现大小一样，纹路差不多。

陈柳柳拨通了警察刘叔叔的电话。一会儿，警察破案小组到了现场。

“跟我们走一趟！”刘叔叔对鸭舌帽说。

“我承认，我错了！”鸭舌帽竭力解释，嘴角微扬，似乎在有意控制内心的什么。

好一只狡猾的狐狸，将自己伪装得神不知鬼不觉。陈柳柳伸出手，与程二思击掌庆贺大功告成。

“以后我不在高压线钓鱼还不行吗？”

陈柳柳一听，一脸迷茫。

“罗家今天失窃一枚钻戒，你在附近钓鱼，配合我们调查一下。”

鸭舌帽很委屈地摇摇头，收拾好渔具，跟着警员灰溜溜地上了警车，同时抛给程二思一个诡异的笑。

“我的探长，这一下没话说了吧！”陈柳柳喜形于色。

## 牙签之疑

“陈柳柳，罗家养鸽子了吗？你看鸽子老是在罗家二楼上飞来飞去。”

“罗叔叔家没有养鸽子，倒好像是养蜂人养了，这鸽子似乎训练有素。”

程二思一听，心头一惊，连忙拉着陈柳柳的手，几步跨出小树林，躲到养蜂人的帐篷附近。

地上一根牙签引起了程二思的注意，程二思捡起牙签，仔细一看，发现牙签有问题。

“未来的福尔摩斯，你看，这个牙签有问题，中间断裂，好像是被什么东西咬住后断裂的。”程二思说。

“嗯，是有问题，不过，也有人剔掉牙缝残渣，随手掐断。”陈柳柳说。

“这个牙签掉在离餐厅外几十米的地方，就不太正常。”程二思继续怀疑。

说话间，那只鸽子飞过来，落在养蜂人的肩上，鸽子嘴里衔着一根牙签，牙签一头挑着明晃晃精致的小物件。养蜂人从鸽子嘴里的牙签上撸一下，手插进口袋。鸽子吐下牙签飞走了。

陈柳柳走过去，捡起地上的牙签，看到牙签中间是断的，惊出一身冷汗，一言不发。二位小侦探看到这一幕，面面相觑。想到犯罪嫌疑人就在眼前，心里不免激动万分。想到如果上前擒拿，蜜蜂会乱蜇人，怎么办呢？

陈柳柳和程二思商量了一下，决定假装买蜂蜜，把养蜂人引到路边，来个前后夹击，一举拿下。

陈柳柳估计他们两个引蛇出洞势单力薄，于是叫来罗叔叔假装买蜜人，正当养蜂人离开蜜蜂乱飞的蜂箱时，陈柳柳趁其不备，来个铁扫把扫地，养蜂人一下子来个“狗啃泥”。程二思疾步上前按住他的手。养蜂人拼命挣扎，罗叔叔和赶来的警员压得他服服帖帖。

陈柳柳从养蜂人的口袋里搜出罗叔叔家丢失的钻石戒指，还有其他人家丢失的金耳环。

## 真相大白

经审问，养蜂人其实是假的，他利用流动养蜂的机会，训练鸽子，伺机作案多起。

其实警员从打开翻窗上可以看出，盗窃人手段高明，于是在外围进行侦查，早已把诡异养蜂人锁定。

所里的审讯间里，那个鸭舌帽已经变成警察，正在审问“养蜂人”。

陈柳柳一头雾水，程二思拍着如坠雾里的陈柳柳的肩膀："陈柳柳，我的未来的福尔摩斯，那个钓鱼人，是我和刘叔叔联手演的一出戏，他派了新来的警员张叔叔配合演出，当垂钓者，目的是，我们在外围进行调查，不打草惊蛇，可喜的是，发现可疑的鸽子，还有掉在帐篷前的牙签。围墙外的脚印，也是我们侦查时留下的。"

"啊！看来，我还得多向你学习呀！"

"你也不错了，离'小福尔摩斯'不远了！"程二思说。

"对，这一起案件这么早破获，陈柳柳功不可没呀！"所长走过来，摸着陈柳柳的头说。

一句话，说得陈柳柳心花怒放。

# 雪花飘飘

雪花是花，是开在天树上晶莹剔透的花朵儿，开久了，便纷纷扬扬，离开天树，飞舞、旋转、飘落，寻找天树的根。

无数可爱的雪花，在空中飞舞。幻幻从钢琴培训班出来，雪中漫步，她渴望自己像白雪公主一样漂亮，她猜想，白雪公主的美丽也许经过雪花的滋润吧！

她抬起头，她好久没有像今天抬头仰面了，一朵雪花落在她的睫毛上，她缓缓张开嘴巴，期待有一朵落到嘴里。果然，一朵落在嘴唇上，感觉甜甜的、凉凉的。哦，这就是雪花的味道。太姥姥说过，尝过雪花的孩子，特别聪明，而且会长得像雪花一样冰清玉洁。

幻幻来到镜子前，看到自己确实比以前漂亮了，她简直不敢相信自己的眼睛，她一直想要的双眼皮有了，而且眼线很深；鼻子也不塌了，最让她几乎要呼之欲出的是，她撩起遮住左边脸上的头发，发现黑色胎记没了。十年来一直占据左半边脸的胎记，令她一直不敢抬起头。

她又回到雪中，在雪中漫步，等待有灵性的雪花再一次飘落在后脑勺，刺激脑垂体。让自己长不高的个子，一下子噌噌噌长高，十岁了，该亭亭玉立了，可是，自己一直矮人一截，小她两岁的弟弟居然超过了她。

她看到爸爸妈妈都是高个子，而自己为什么长得矮矮的。她问过妈妈，妈妈说还没到长个子的时候呢。自己怀疑不是妈妈亲生的，有时候自己调侃，大概是基因突变吧。

一朵雪花落在她的手心上，那是多边形的，非常奇特，任何一位画家都没本事画出它的模样。她让雪花来到体内，刺激身体的各部位。她怕舔了以后之前的美丽化为泡影。

为了自己的身高，幻幻还是握着手，生怕弄丢似的，往嘴里送。

“幻幻，你不能舔我，我是一朵特别的雪花，到了你肚子里了，天树就不会再开花了。”

“你是谁？”

“我是雪花呀！幻幻。”

“你怎么知道我的名字？”幻幻说。

“我的妹妹被你舔融化了，她到了你体内，她知道你的名字，我们雪花姐妹心连心。”雪花说，“你要想实现你美好的愿望，唯一的办法就是弹一首赞美我的曲子，《北风吹》也好。”幻幻听了雪花的话，把手心里已经化为水珠的雪花，撒在地上。赶快回到家，把老师教的《快让我在雪地上撒点野》一遍一遍地弹着。

妈妈回来，幻幻打开门，一阵寒风吹来，钢琴上的谱子像精灵一样飘到门外。

幻幻要出去追，被妈妈一把拉住："傻孩子，外面下这么大的雪，还不待在家里！"

幻幻眼睁睁看着《快让我在雪地上撒点野》的谱子，在空中翻跟斗，撒野。

"哇！好大一片雪花！"一声惊叫，紧闭的窗户一下子打开了。人们探头张望，寻找最大的雪片。他们从来没有见过这么大的"雪花"，人们的视线与最大的"雪花"一起飘来飘去。

幻幻瞅着她的曲谱落到小区树林旁。

天，渐渐黑了。准备堆雪人的心只有等待明天早上了。

可是，幻幻心神不宁。她对妈妈说，她要出去堆雪人。妈妈一百个不答应。幻幻求弟弟帮忙，可弟弟求情，还是没用。

第二天，太阳出来了，雪花停止了跳舞。人们出门有的赏雪，有的拍照留念，有的父子打雪仗，还有的母子堆雪人。

幻幻由于一夜没有睡好，早上睡了一个懒觉，等她醒来的时候，人家已经把雪人堆好了。

她急匆匆地来到曲谱飘落的地方，她清清楚楚记得是小树林旁。她来到小树林，看到画着小蝌蚪曲谱的那一张纸，已经被一个大大的雪人占据着。

雪人头戴鸭舌帽，手握一把扫帚，鼻子歪歪的，还咧着嘴笑呢。

幻幻一点儿不觉得它的样子可笑。

"大雪人呀，大雪人呀！你什么时候融化呢？我求你早点儿融化。"幻幻面对大雪人心里默默念着。

"你是幻幻吧！你在心里默念的话我全都听见了。人家希望我不要融化，永远陪伴着，你倒好，希望我早点儿融化，你可以告诉我原因吗？”

幻幻没有把心里的话告诉大雪人，回家对妈妈说：“妈妈，树林旁的雪人是谁堆的？怎么堆这么大！”

“哦，不知道谁堆的，好像是大家一起堆的，本来要堆到八层楼那么高呢。”妈妈一边说，一边比画八层楼高。

“八层楼！”幻幻重复着。

“对，八层楼！要堆到那么高是不可能的，可大家还是尽力而为。”妈妈回过头对幻幻说，“你不是也很喜欢雪人吗？怎么见了大雪人不高兴呢？”妈妈满腹狐疑。

“妈妈，雪人融化要几天？”

“那得好几天，说不定几个月，等春天来了，才彻底融化呢？在这几个月里，你就好好欣赏吧！”

幻幻一听，捂住嘴巴哭着冲进了卧室。妈妈赶到房间，问了幻幻为什么哭，幻幻就是不说。

“幻幻，是不是又有人说你是捡来的，别听人家胡说，你是妈妈亲生的。”妈妈安慰幻幻。

又过了一天，太阳公公笑呵呵的，幻幻脸上也有了笑容。

笑了一天的幻幻又愁眉苦脸，因为天阴沉沉的。雪人冲她迷人一笑，幻幻回敬雪人一个伸着舌头的鬼脸。

校园艺术节，幻幻的《快让我在雪地上撒点野》，由于没有谱子，弹得不熟练，没有上台的机会。

幻幻放学回到家，她拿起爸爸带她玩沙雕的铲子跑出去，妈妈在后面喊：“这个时候堆雪人没用啦！我的傻姑娘。”

幻幻头都没有回。

“幻幻，你是来修复我的吧！过了几天了，我明显小一点儿了。”

幻幻一言不发，握着铲子瞪了一眼大雪人。大雪人说：“人家见了我，都高兴地跟我打招呼！你见了我，倒像是见了大冤头！”

幻幻不说话，只是用铲子在雪人身上乱捣。

“幻幻，慢点儿，慢点儿，我疼，我疼，我也想早点儿融化，回到大海里，然后化作云朵，等待明年的冬天，与姐妹们继续让天树开一树的花。可是……”雪人说着，呜呜地哭着，“我连哭都不能。”

雪人连忙停止哭。

“你想知道大家把我堆得那么高、那么大的原因吗？”

幻幻摇摇头，接着又点点头。

“小区八号楼的一位婶婶，是一个好人，她资助山区孩子上学，热心公益事业。可她病了，医生说，冬天走了，她也会走了。为了留住冬天，大家都在做一件最伟大的事情。她还有一个愿望，就是能看一眼从小被人家抱养的小女孩。”

幻幻听了，一边哭着，一边用铲子修复雪人。雪人一下子变得高大了，蹿到八楼。

“妈妈，姐姐的同学在我面前说姐姐是捡来的我不相信。”

“你姐姐不是捡来的，而是抱来的，妈妈结婚几年没有怀上你，便先抱养了姐姐。”

幻幻在门外听到妈妈与弟弟的对话，找到八楼的婶婶，她来到婶婶的床边，把矮矮的瘦小的婶婶扶起来，婶婶看到窗外高高的大雪人，满脸绽放美丽的笑容。

“你是我女儿就好了，她没有你漂亮，单眼皮，塌鼻梁，左边脸上还有一块胎记。”婶婶拿出她女儿小时候的照片，“可是我很想她！”

幻幻盯着小女孩的照片，她呆呆地看着，看着小女孩左边脸上的胎记……

# 远去的海螺声

“小螺号滴滴滴吹，海鸥听了展翅飞，小螺号滴滴滴吹，浪花听了笑微微，小螺号滴滴滴吹，声声唤船归喽，小螺号滴滴滴吹，阿爸听了快快回喽……”

悠扬的海螺声从五（5）班教室飘出，穿过走廊，飘荡在校园上空。吹海螺的不是别人，是这个班从外地转进的一位学生，他叫海海，在大海边长大。在那个夏天，也就是海海十岁那一年，他的爸爸出海捕鱼，遇到风暴，再也没有回来。

妈妈为了让海海忘却痛苦，忘记大海。从北方的海滨城市，来到南方一个繁荣的小镇。

过去的一切，如挥之不去的梦。海海从老家出来，几乎什么也没有带，他只带了一枚发白的海螺。这海螺是爸爸下海捕鱼，被渔网拽上岸的。那是来自大海深处的一枚海螺。

海海拿到手，把里面的淤泥清掉，把外面的绿色苔藓洗掉，原来是一枚浅黄色的海螺。高兴得一会儿摇摇它，一会儿鼓起腮帮，使劲儿吹着。在爸爸的手把手教学下，很快也会面对着大海“呜呜呜”地吹奏一番。

每当海海在海边“呜呜呜”地吹着海螺，海螺声声，在海面飘荡，在浪花尖跳跃。海鸥听了，在空中快乐地滑翔着，不一会儿，出海捕鱼的爸爸被浪花簇拥着，驾着浅黄色的像海滩一样颜色的渔船回家了。

一曲吹完，教室里响起热烈的掌声。

“同学们，今天是唐豪的生日，同学们有如此的心意，老师非常感动。希望同学们互相帮助，一起加油！最后，再一次把热烈的掌声送给海海。”班主任杨老师走进同学中间。

简简单单的同学生日派对在同学们的欢歌笑语中结束了。

海海把心爱的海螺藏在口袋里，坐在他后面的同学张幽幽想借海海的海螺玩玩，结果，被海海无情拒绝。

同学们都知道海海是没有爸爸的，都心照不宣，没有人去提及这事。可是，在一次口角中，张幽幽说漏了嘴。

海海一气之下，握着海螺，抡起拳头，欲向张幽幽砸去。

一只强有力的手扳住海海的手臂，海海回头一看，是及时赶来的班主任老师。

老师撸下他的高高挽起的衣袖，在他开始刚毅发硬的肩膀上捏了一下。

“冲动是魔鬼！”

海海一下子松开手，把手里的海螺塞进口袋。围观者一哄而散。

事后老师跟他谈了一节课。

那一次谈话后，海海完全变了一个人。有人说，是老师施了魔法。

学校秋季运动会开幕式上，为了自己班级出场比其他班级有创意，他利用音乐课，教同学们吹海螺，有时候放学了，还带领大家认真排练。

运动会开幕式那一天，五（5）班出场式深受大家的点赞，海海领着大家一起吹奏校歌《我是阳光》，虽然还有一些同学“滥竽充数”，倒也把气氛吹起来了，把欢乐吹起来了，把热情吹来了。校长高度表扬五（5）班。

班里的吴溜溜是一位女孩，由于视力不佳，体育课不能去上。她就在教室里画画，因为她喜欢画画，虽然看不清世界的颜色，但在她心里是五彩缤纷的。

海海中途回到教室拿落在教室里的足球，看见吴溜溜趴在桌子上哭。

一问才知道，吴溜溜画画时，搁在窗台上的调色盘不知道被风吹到哪里去了。

海海伸出头一看，楼下是绿色的小树林，看不到调色盘。为了让吴溜溜开心，海海拿出海螺，轻轻吹起：“小螺号滴滴滴吹，海鸥听了展翅飞，小螺号滴滴滴吹，浪花听了笑微微，小螺号滴滴滴吹，声声唤船归喽，小螺号滴滴滴吹，阿爸听了快快回喽……”

“海海，我看到我的调色盘掉进大海了，大海上的白帆一下子变成了五彩的帆。”

“你真逗！有那么神奇吗？”

“那还不是听了你的海螺的声音吗？你还别说，刚才你吹的时候，我的思绪飞起来啦！你猜我还看到什么了？”

“看到什么呀！告诉我。”

“嘿嘿，你再吹一曲吧。”

“呜呜——呜——呜——呜呜呜！”

“我看到，我的调色盘飘到一块棉花地上空，你猜发生了什么奇迹呢？”

“不知道。”

“听着你吹奏海螺呜呜的声音，我看到一只大灰狼嘴里呜哩呜啦追着一只花花绿绿的发出咕咕咕叫的母鸡。在关键的时刻，我的调色盘身子一歪，白白的棉花一下子变成五颜六色了，花花绿绿的母鸡一下子躲到棉花地里，大灰狼分不清哪里是棉花，哪里是母鸡，一下子溜走了。”

“音乐能使人产生丰富的想象！这一句话说得一点儿不错。”海海望着窗外。

“谁说的呢？音乐还可以忘记痛苦。”吴溜溜望着天花板说，“刚才，我就不哭，心里特别高兴。”

事后，海海被体育老师狠狠地批评了一顿，说海海逃课。海海用笑容作为好的解释。

一年后，海海随着妈妈离开小镇，回到大海边。

留给老师和同学的是远去的海螺声。